CIPOLLINO

洋葱头
儿童文学精选

猫先生的生意

MAOXIANSHENG
DE SHENGYI

[意] 贾尼·罗大里／著
赵文伟 殷欣／译

中国少年儿童新闻出版总社
中国少年儿童出版社
北京

著作权合同登记：图字 01-2009-6150

Original title Gli affari del signor Gatto
ⓒ 1980, Maria Ferretti Rodari and Paola Rodari, Italy
ⓒ 1991, Edizioni EL S.r.l., TriesteItaly
Original title Il secondo libro delle filastrocche
ⓒ 1980, Maria Ferretti Rodari and Paola Rodari, Italy
ⓒ 1991, Edizioni EL S.r.l., TriesteItaly
Prime fiabe e filastrocche
ⓒ 1980, Maria Ferretti Rodari and Paola Rodari, Italy
ⓒ 1991, Edizioni EL S.r.l., TriesteItaly
Original title Marionette in libertà
ⓒ 1980, Maria Ferretti Rodari and Paola Rodari, Italy
ⓒ 1991, Edizioni EL S.r.l., TriesteItaly

图书在版编目（CIP）数据

猫先生的生意/(意)罗大里著；赵文伟, 殷欣译.
--北京：中国少年儿童出版社, 2016.6（2023.1重印）
（洋葱头儿童文学精选）
ISBN 978-7-5148-3155-9

Ⅰ.①猫… Ⅱ.①罗…②赵…③殷… Ⅲ.①童话-意大利-现代 Ⅳ.①I546.88

中国版本图书馆 CIP 数据核字（2016）第 094181 号

MAO XIANSHENG DE SHENGYI
（洋葱头儿童文学精选）

出版发行：中国少年儿童新闻出版总社
中国少年儿童出版社

出 版 人：孙 柱
执行出版人：马兴民

策　　划：张继凌	版权引进：孟令媛
缪　惟	责任校对：杨　宏
责任编辑：赵　蕴	责任印务：厉　静
执行编辑：孙　譞	装帧设计：缪　惟

社　　址：北京市朝阳区建国门外大街丙 12 号　　邮政编码：100022
总 编 室：010-57526070　　编 辑 部：010-57526310
官方网址：www.ccppg.cn　　发 行 部：010-57526568
印　　刷：北京盛通印刷股份有限公司

开本：880mm×1230mm　1/32　　印张：9.75
版次：2016 年 6 月第 1 版　　印次：2023 年 1 月北京第 6 次印刷
字数：52 千字　　印数：40001-45000 册

ISBN 978-7-5148-3155-9　　定价：29.00 元

图书出版质量投诉电话 010-57526069，电子邮箱：cbzlts@ccppg.com.cn

前言

走向罗大里

梅子涵

其实在罗大里的书前,是不需要写任何话的。如同在安徒生、林格伦们的书前一样。非要找一个人来写,这个人应该会有些不好意思,我就有些不好意思。但是如果林格伦在安徒生的书前写些赞美和推荐的话,可以不要不好意思,罗大里在林格伦书前写,也完全可以信心十足,因为他们是高山对高山,大河看大河,同为天空星斗,而且是异常亮的,抬起头,不用手指,已经知道哪颗是哪颗。可我们不是,我们只是站在高山下抬头看他们,也许看得还很不清楚,说着说着可能就说出瞎起哄的话,还把自己当成是"专家演说"和"权威论文",弄不好被他们听见,他们会说:"你在瞎说什么啊,把我的童话糟蹋了!"

所以我不敢糟蹋。我永远只想很恭敬地对人们说,去读读他们的书！不仅对孩子，也对大人。不要以为他们的书是只属于19世纪和20世纪的，他们的书属于很多世纪；不要以为他们只属于年幼和天真，他们更属于长大和已经世故已经浑浊；不要以为他们不是语文，更不是数学，他们给生活的是大启蒙，给童年的是大教育，给生命的是大培养、大智慧、大浪漫，而不是一点儿小聪明、小嬉笑、小甜蜜；他们给一个人的是很多很多的丰富！

我希望自己这样说，不是在瞎起哄、瞎赞美。书籍的经典，童话的经典，是很多人，很多国家，一个世纪又一个世纪的阅读的动人感觉渐渐罗列、增高并逐年庞大起来的灿烂归结，而不是哪个人可以赠送的，也不是自己可以在书的封面上写的。安徒生童话的封面上不需要写"经典"两个字，罗大里的童话本身正是经典！

我们的快乐和运气是，这样的高山，我们可以往上走！那样的大河，它们的岸沿就在我们的脚下！我们为什么不像洋葱头一样开始走呢？他是为了去解救天下的，而我们的行走首先是为了解救自己的眼睛和童年浊气。我们的孩子们的眼睛不能只盯住教科书和那做来做去老一套的题目，他们的心里的确是有着一股不明不白的浊气的呢。让我们、他们和洋葱头一样，在路上把它呼出来，洋葱头是去解救地呼出，我们是在读着他的路上故事呼出；也像洋葱头之前的同样是意大利的匹诺曹一样，把天生而来的"不好"丢掉，把良知和健康养成，成为真正的童年人，真正的优秀人，真正的世界花园的一片绿叶子、一朵鲜花。我们和世界的最完美的关系存在了，生命就可以减少很多愧疚。

阅读罗大里，阅读他的杰出前辈，阅读高山、大河的童话祖父和祖母，世界的孩子几乎没有不高兴、不留下一生记忆的。这其实是一个非常大的奇迹，但是我们习以为常，已经不把它当成奇迹夸耀，我们好像觉得：事情就是这样的啊，难道还会有别的意外吗？

没有意外，只有无穷乐趣，只会成为生命回首里的绵绵闪耀，于是闪耀在一生的路上。

我在想，我这么说是不是有些瞎起哄呢？

罗大里，你听得见吗？

童话的高山经典、大河经典们听见了吗？

我一直在阅读着你们，在往山的高处移动，我总有一天会确信，你们听见我的话的时候，不会说我是在糟蹋。因为，毕竟，我是很努力地在接受你们的养育，我是你们的童话学校里的最好的学生，肯定是最好的。我们中国的一代一代的孩子也都希望自己是的。现在，又有数不清的中国孩子朝你们的故事走来。

亲爱的罗大里先生，你可以为自己的童话安心。

谢谢你。

前言

认识罗大里

李婧敬

对于中国的读者，尤其是小读者来说，罗大里这个名字未必如"安徒生"、"格林兄弟"、"J.K.罗琳"那般响亮，但若是提起《洋葱头历险记》《假话国历险记》和《蓝箭》等作品，大家一定不会感到陌生。是的，这些精彩的故事曾伴随千千万万的孩子走过了童年岁月，在他们的记忆里烙下了不可磨灭的印记。

作为这些故事的创作者，罗大里究竟是一个怎样的人？他的生活中发生过哪些有意思的事情？他如何走上儿童文学的创作之路？他又是如何钻进世界上每一个孩子的内心世界的？对于这些问题，或许很多读者都会感到好奇。那么，我们不妨在阅读故事以前，一起来认识一下罗大里本人吧！

1920年10月23日，贾尼·罗大里出生在意大利北部奥尔塔湖畔的小城奥梅尼亚。他的父亲朱塞佩·罗大里是一名面包师，母亲玛德莲娜·阿里科齐经营着一家小店。在奥梅尼亚，罗大里一直上到小学四年级。那时，父亲整天在面包房里工作，小罗大里和哥哥也常常去那里玩耍。在罗大里的记忆中，面包房是一间堆满面粉袋的大屋子：左边放着一台电动和面机，中间是白色的烤炉，而父亲就站在那一张一合的炉嘴前忙碌。每天，他都会为儿子们专门烤上一打8字形的硬麦面包。

不幸的是，在一个风雨交加的寒冷冬日，父亲为救一只困在泥潭里的小猫患上了肺炎，七天之后便离开了人世。那年罗大里只有10岁。父亲病逝后，全家人都迁到了母亲的故乡嘉维拉特。1931年，母亲把罗大里送入米兰的一所天主教神学院继续念小学五年级，但她不久就意识到，在这所学校上学，并不适合儿子的发展。1934年，母亲又把罗大里送入师范学校。在这里，罗大里很快就显示出非凡的才智，17岁时就以优异成绩毕业。这段时间，罗大里爱上了小提琴，并与两名多才多艺的同学——阿米迪奥·马尔维里和曼尼诺·比安基结下了深厚的友谊。他们组成的小乐队常常在街头和小酒馆进行演出。1937年，罗大里进入米兰天主教大学语言系深造，但不久后就为了养家糊口而放弃了学业，转而当起了小学教师。

第二次世界大战期间，由于健康原因，罗大里被免除了兵役。但他最好的两个朋友却先后死于战争。罗大里的哥哥也被纳粹关进了集中营。挚友遇难的噩耗传来，罗大里痛不欲生，写下了这样的文字：

"你死了，死在战争刚刚爆发的时候，死在地中海里，死在我痛苦的回忆里，死在这每时每刻都如影随形的该死的回忆里……"

带着丧失亲友的锥心之痛，罗大里毅然加入了意大利北部地区的游击组织，投身于反法西斯斗争。1944年5月1日，他加入了意大利共产党。

1945年4月25日，意大利解放，罗大里也由此开始了记者生涯。起初，他担任共产主义期刊《新秩序》的主编。1947年，他开始在米兰的《团结报》工作，两年后创建专栏《孩子们的星期天》。1950年，罗大里移居罗马，在这里创办了少儿杂志《先锋》，并担任主编。

1953年4月25日，罗大里与玛利亚·黛蕾莎·费雷蒂结婚。在此之后的十五年里，罗大里与多家刊物合作，在各种日报和期刊上发表了大量的文章，同时也出版了许多儿童读物。1958年底，他开始与意大利国家电视台和英国国家广播电台合作，制作儿童电视节目。

在外人看来，罗大里有些内向。但真正了解他的朋友和家人却知道，他热爱阅读，思维敏捷，语言幽默，充满了丰富的想象力，与人交谈时常常妙语连珠。罗大里并不曾刻意研究过孩子，但却十分有孩子缘。只要一和孩子们接触，就会情不自禁地给他们讲故事，和他们做游戏。他非常喜爱孩子，像尊重成年人一样尊重他们。他甚至认为孩子们能教会大人许多东西。凭着这样一股热情，罗大里一直在儿童文学领域笔耕不辍，乐此不疲。他主张孩子们应当笑着学习，应当在笑声中明白事理，因此他创作的许多作品都以趣味性和教育性著称，不仅受到孩子们的欢迎，就连成年读者也赞不绝口。1970年，他被授予儿童文学领域的最高奖项——国际安徒生奖。

直到1980年初，罗大里一直与新闻媒体保持着密切的合作。同时，他还深入学校生活，参与各种会议和活动，时刻关注教师、家长和少儿群体。

1980年4月，罗大里在罗马的医院里接受了腿部手术。几天后，由于心力衰竭，59岁的罗大里永远地离开了我们。

所幸的是，他丰富的想象力和独有的智慧通过他的文字一直陪伴着全世界孩子们的成长。其中，《洋葱头历险记》和

《蓝箭》还分别于1961年和1996年在苏联和意大利被拍摄成动画片,深受孩子和家长们的欢迎。

亲爱的小读者们,现在,就让我们一起进入罗大里的童话世界吧!

目录

MuLu

猫先生的生意　1

猫先生的生意　3

《猫先生的生意》概要　20

猫的画像　21

所有的动物　22

猫教授　24

猫报纸　25

拴着皮带的孩子　27

猫的名字　28

阿古斯蒂诺　30

阿图罗　32

古斯塔沃　33

查理曼　34

加斯托内　36

教师猫　38

猫思想家　40

米兰、都灵和对面　42

酒吧里的猫　44

猫和老鼠　47

猫和母鸡　49

秋天　51

冬猫　52

祝猫咪新年快乐　54

罗马的猫　57

猫星　60

我跟猫走　68

卖星星的人　77

洋铁匠　80

城市电车　82

消防员　84

老泥瓦匠　86

小女仆　88

看门人　90

穷人的树　92

小雪人　94

狂欢节　96

苏珊娜　98

六月　100

秋天　102

校工　104

广场上的音乐　106

雨伞　108

美丽的船　110

贪睡的人　112

空中的城堡　114

铁路员工的童谣　116

报童 118

献给所有人的童谣 120

三月的童谣 122

童谣里的书 124

词语 127

词语 129

孩子的话 130

名字 133

所有人的童谣 134

人与物 137

人是谁 139

卖星星的人 141

四块钱 143

弹簧律师 145

审判 147

会说话的房子 149

做有轨电车多无聊 151

对话 153

未来之书 154

老海盗 156

非吉祥物　**158**

一年的童谣　**159**

天宫图　**161**

新年　**162**

来了一列火车，装满了……　**163**

献给巫婆　**169**

三首童谣　**171**

三支催眠曲　**174**

狂欢节　**175**

狂欢节的玩笑　**176**

春天　**178**

春天的童谣　**180**

八月节　**181**

收获葡萄的季节　**182**

季节　**184**

雪　**185**

魔法树　**186**

一只想在圣诞树上
做窝的麻雀的祈祷　**187**

客人　**190**

窝 191

新年夜 192

新年童谣 194

旅行与长沙发上的梦 197

睡椅的烦恼 199

暴风雨 200

风 201

宇宙飞船 202

泽塔先生 204

七天的美洲大陆 206

远行 207

日本燕子 209

如果有…… 210

小市场 211

来自河流的亲切问候 212

冰激凌 214

城里的树和乡下的树 216

去多伦多 217

咳嗽的维苏威火山 218

度假村 219

收音机 221

随心所欲的木偶　223

第一章　225

第二章　230

第三章　236

第四章　242

第五章　248

第六章　254

第七章　260

第八章　266

第九章　272

第十章　277

第十一章　283

第十二章　288

猫先生的生意

MAO
XIAN
SHENG
DE
SHENG
YI

赵文伟／译　　［意］埃莱娜·坦博林／绘

猫先生的生意

从前,有只猫决定发财致富。他有三个叔叔,他一个一个去找他们,希望他们能给他出点儿好主意。

"你可以去当小偷。"大叔说,"想不费力气就发财,没有比这更稳妥的方法了。"

"我这人太老实了,干不了这行。"

"那又怎么样?小偷里有很多老实人,老实人里也有很多小偷,能赚钱就行了。天一黑,所有的猫都是灰色的,谁也分不清。"

"我会考虑的。"那只猫说。

"你可以去当歌手。"二叔说,"想不费力气就名利双收,没有比这更容易的方法了。"

"可是,我的嗓音很难听。"

"那又怎么样?很多歌手唱起歌来像狗叫,还不是一夜暴富!"

"啊,啊,这个主意不错!等一下,我记下来。"

"这么说,你决定了?"

"我会考虑的。"那只猫说。

三叔对他说:"做买卖吧,开个商店。人们会排着队给你送钱来的。"

"卖什么好呢?"

"钢琴、冰箱、火车头……"

"太沉了。"

"女式手套。"

"那样我会失去所有的男性顾客。"

"这样吧:你在卡普里岛开个烟草店。那座岛美极了,四季如春。很多外地人去那儿,每个人至少会买一张明信片和邮票寄出去。"

"我会考虑的。"那只猫说。

他考虑了七天,终于决定开一家食品店。

他在一幢新楼的一层租了块地方,布置好柜台、货架和收银台,找好了收银员。为了省下雇油漆工的费用,他自己画了一个广告牌:

售卖罐装老鼠肉

"好漂亮啊。"收银员是只小母猫,这是她的第一份工作,"罐装老鼠肉,真是一个别出心裁的想法。"

"不别出心裁的话,"那只猫强调,"我也想不到啊。"

猫先生在一块更小的广告牌上写道:

买三罐老鼠肉
赠一个开罐器

收银员认为老板的字写得非常漂亮。

"我生来就这样,"猫先生说,"只会写得尽善尽美。

即使压到了尾巴，我也不会出一个错。"

"可是，"收银员说，"罐头在哪儿呢？"

"会来的，别急。罗马不是一天建成的。"

"如果有人进来买东西，我该怎么应对？"

"您把订单全部记录在这张纸上。让他们把地址留下来，告诉他们我们会送货上门的。"

"猫先生，"收银员说，"您找到送货员了吗？如果您同意的话，我有个弟弟可以……"

"让他来试用一个星期。他的薪水是每天两盒罐头。"

"那我的薪水呢？"

"我给您三盒罐头。"

"送开罐器吗？"

"圣诞节，复活节，还有我生日那天，您会收到一个开罐器。"

收银员认为老板很大方。

第二天，罐头到了。

"猫先生，"收银员说，"罐子都是空的。"

"这个没错儿。老鼠由我负责来找。您负责往箱子上贴商标。让您的弟弟帮着您干。"

收银员的弟弟是一只几个月大的小猫，他把脑袋钻进罐子里，在商店里跑来跑去，玩得开心极了。

"好了，好了，别玩啦。"猫先生说，"不然，我罚你的款。"

商标用的是彩色光面纸。每张商标上有一只眨眼睛的老鼠，下面写着：

高品质罐装老鼠肉
注意积分
谨防假冒

"什么?"收银员说,"罐子里还没有老鼠就已经有人仿冒了?他们往里头放什么?鼹鼠,仓鼠?"

"显然,暂时还没出现仿冒品。"猫先生解释道,"生意做起来就有了。即使以后没有,这句话写在这儿也挺好的。顾客会想:你看,你看,有人仿冒,这种商品应该很不错。"

"真的很不错吗?"

"肯定是超一流,不同凡响。"

收银员叹了口气。老板好聪明!真是个商业奇才。此外,他还没有结婚。

收银员的弟弟把一张商标粘在鼻子上,撕不下来了。

"小傻瓜,"收银员严厉地说,"你想第一天上班就被解雇吗?不好意思,请您忍耐一下,猫先生,他还不知道谋生意味着什么。"

猫先生说:"店就拜托给您照看了。我去找原料。"

收银员用慵懒的眼神目送他离开。她觉得老板真是一只英俊的猫,胡子也长得很有成功商人范儿。多么优雅的风度!多么威严的目光!

"商人,"她想,"虽然算不上受勋骑士,但也差不多。我又不喜欢受勋骑士,他们一般都结婚了。"

猫先生在地窖里发现了第一只老鼠,他藏在煤堆后头。

"您好啊。"猫说。

"我不知道。"老鼠回答。

"对不起,您怎么用这种态度回答我?"

"我不知道今天是不是个好日子。通常,猫不会带给我好运。"

"今天是个美妙的日子,"猫向他保证,"不,是一个有历史意义的日子。您将有幸成为地球上第一只罐装老鼠。这还不够吗?"

"我不知道。"老鼠重复道。

"您什么都不知道。"猫气坏了,"来,跳一下,跳进这个漂亮的彩色小盒子里,您就明白了。"

"我就明白什么了?"

"明白我说的有道理。"

"我更爱看动画片。对了,我想起来了,电视上马上要播一个动画片。再见。"

老鼠退回到他的窝里,无论猫怎么恳求他,他连个尾巴尖都不露出来。

第二只老鼠在阁楼上,他的洞在旅行箱后面。

"您的运气可真好啊。"猫先生远远地看到他就喊了起来。

"我不知道。"老鼠说。

"这个回答不算数。"猫生气了,"楼下地窖里您那个同事已经这样回答过我了。想个别的说法吧。"

"您先告诉我,我为什么运气好。"

"因为本公司选定您来为罐装老鼠肉生意开业剪彩。"

"要演讲的话,我可不喜欢。"

"不需要演讲。您只要进到这个漂亮的小盒子里来就行了。我们将以合适的价格出售您,您也会得到顾客的欣赏。"

"太好了!"

"真的吗?"

"可惜我不能接受您的邀请。我赞成这个想法,我也不是不懂礼貌。但是,我马上就要去度假了,去巴勒莫的车票都已经买好了。我不想冒犯国家铁路局,让这次旅行泡汤。我会给您寄一张明信片。祝您愉快,代我问候您的太太。"

"我还没结婚!"猫发疯般地大喊道。

"没关系,等您结婚了再代我问候她。"

第三只老鼠在郊区的一块草地上乘凉,但他的尾巴伸进洞里,尾巴上连着他的表弟,一旦有危险,表弟就会把他拽下去。

"您好吗?"猫先生问。

"好,也不好。"老鼠回答,"有您在这儿,我很难在这儿待得太久。"

"总是这么多疑,你们这些老鼠。"猫先生说,"我好心好意来的……"

"对谁好心好意?"

"当然是对您了!您知道我是怎么想的吗?我是开食品店的,我觉得您应该是个理想的合作伙伴。您同意吗?"

"在哪儿?"

"在这个盒子里。您看,多漂亮。我们做罐装老鼠肉生意。大部分工作由我来做,因为我负责销售。"

"真能干。"

"谢谢。"

"真能干。"

"谢谢。您为什么要跟我说两次?"

"一次说给右耳听,一次说给左耳听。"

"那我们走吧?"

"不。"

"为什么不?"

"因为我要陪奶奶去玩旋转木马。"

"不出所料,"猫先生大叫道,"你们老鼠就是这样。对商业毫不关心,根本不愿为增加销量、流通货币做一点点儿事。你们的奶奶也疯疯癫癫的,这么大岁数了,还想着玩旋转木马。"

"当然,还要荡秋千。不许说我奶奶,正是因为疯疯癫癫,她才这么可爱。再见了,代我问候您的小猫们。"

"我没有孩子!我还没结婚呢!"

"好吧,您结婚的时候别忘了送我喜糖。"

那只老鼠向他的表弟发出一个信号,他的表弟用力一拉,他就被拉回到洞里去了,速度快到给猫的感觉就好像是他融进了空气里,像肥皂泡一样一下子就不见了。

"生意太好了,猫先生。"见老板回来,收银员说道,"已经订出去一百一十七盒了。德·费里尼斯伯爵夫人订了两百盒。我算了一下,得送她六十六个半开罐器。那半个开罐器,是给尖儿那边的,还是把儿那边的?"

猫先生含糊不清地嘟囔了一句。

"您看我弟弟干得多好啊。"收银员又说。

小猫送货员用罐头在橱窗里搭了一个金字塔。说实话,有的罐头放反了,他不认识商标上的字。但完成工作带来的满足感在他年轻的胡须上闪闪发光。

猫先生说:"好,好。今天就到这儿吧。你们可以回家了。"

"您找到老鼠了吗,猫先生?"收银员一边问,一边把皮毛梳理光亮,所有收银员出门前都会这么做。

"我说过今天到此为止了。我付给你们钱是为了让你们干活儿,不是为了让你们提问题的。"

收银员和她的弟弟明白现在不是打破砂锅问到底的时候,于是耷拉着尾巴溜走了。

猫先生关上店门,回家向他的三叔征求意见。

"亲爱的叔叔,生意一般啊。老鼠们根本不想进罐头里来,德·费里尼斯伯爵夫人订了货,明天得给她送去,这可是一单重要的生意。我该怎么办呢?"

"亲爱的孩子,"猫叔叔说,"你忘了做宣传了。你知不知道广告是商业的灵魂?"

"当然知道了。我还答应送开罐器和积分呢。"

"这种宣传对那些要买罐装老鼠肉的人管用,但对老鼠来说不行。"

"当然,如果给他们开罐器,他们就从罐头里逃出去了……"

"对老鼠最好的宣传是奶酪。"

"格拉纳干酪还是格鲁耶尔干酪?"

"格拉纳干酪、格鲁耶尔干酪、羊奶酪,都一样,只要能让他们挖洞。南部的那种奶酪(意大利文:caciocavallo)也不错。"

"好了,"猫先生喊道,"您一说我就明白了。"

"脑瓜真聪明。"三叔赞同道,"咱们家人脑瓜都聪明。你爷爷同时有两套房子,每套房子都有厨房,还有装奶的深碟子和装肉的小盘子。"

"他是怎么做到的?"

"白天,他住在一个守夜人家里。晚上一直到第二天早晨,他住在一个老师家里。老师出门去学校,他假装送她,其实是去守夜人家。守夜人上班的时候,他陪那个人走一段路,再回到那个老师家。"

"棒极了。他叫什么名字?"

"在老师家,他叫皮奥米诺;在守夜人家,他叫拿破仑。我们叫他乘以二。"

猫先生买了一大块帕尔马干酪,拿到地窖里,放在老鼠洞前,堵住洞口。老鼠想出去的话,必须穿过这块奶酪才行。

"我就拿着罐头在这儿等着他。"猫咯咯笑着说，"老鼠刚一从奶酪里钻出来，扑通，就掉进盒子里。吧嗒，我扣上盖子，回店里去。嘿嘿。"

一开始情况跟他预想的差不多。老鼠要从洞里出来必须钻进那块帕尔马干酪，挖出一条通道。这个工作老鼠一点儿也不讨厌，因为这是一块产自勒佐·艾米利亚、发酵好的、有质量保证的干酪。他的妻子也帮着啃自己那部分。他们的七个孩子玩得很开心，开挖适合各自年龄的小通道，朝向四面八方。他们毫不费力就能把奶酪消化掉，一个个眼看着就胖了起来。

老鼠一边不停地吃，一边思考。一心二用对他来说不是难事，这是一只聪明的老鼠。

"这个世界上，"他想，"没有人会送给你一整块奶酪而不索要回报的。这不是什么好事，必须要考虑到这一点。首先要知道是谁把奶酪放在家门口的。"

为了弄清这一点，他在奶酪皮上挖了小洞，看到猫先生一只手拿着罐子，另一只手拿着盖子。

"您好。"老鼠说。

猫先生听到一个微弱的声音从奶酪里传出来，却连个影子也没瞧见。但是，为了不让别人觉得自己没礼貌，他还是回应了。后来，他听出是那只老鼠的声音。

"您好。"

"您在干什么呢？"

"您没看见吗？我正在给我的罐头做广告呢。您以为我在干嘛呢?"

"这块奶酪品质极佳。"

"您明白了吧?那么,您想一下:如果奶酪好,罐头会更好。您愿意进来吗?我帮您出来?"

"不必麻烦您了。"

"不,我很乐意……"

"不用了,谢谢。我不愿意出去。"

猫先生气得火冒三丈。

"你们老鼠就是这副德行。奶酪被你们吞掉了，却一点儿回报也不想给。这不公平。做生意讲究公平的交易：我给你点儿什么，你也得给我点儿什么。"

　　"好吧。我把奶酪皮留给您，这样我们就扯平了。"

　　"我要控告您欺诈、盗窃和无礼。您要在法庭上为自己的行为负责。"

　　"好，这一天永远不会到来的！"

　　"不，就在今天！"

　　说着，猫先生抓住那块奶酪，把它朝地窖门口滚去，完全不顾七只四处乱撞、吓得尖叫的小老鼠。

　　"不要害怕。"老鼠安慰他的家人，"这块奶酪既不会是我们的陷阱，也不会是我们的监狱，而将是我们的堡垒。我倒要看看，谁能把我们从这里拉出去。镇定，冷静，放松！打起精神，唱我们的赞歌吧！"他带头唱起了第一段：

　　　　万岁，奶酪里的老鼠！
　　　　万岁，勇敢的老鼠！

　　老鼠的妻子也加入进来，她的声音和丈夫的声音融在一起，那七只小老鼠也不再哭哭啼啼了，一个接着一个唱了起来：

　　　　万岁，羊奶酪！
　　　　格鲁耶尔干酪和斯特拉奇诺鲜奶酪！

猫先生一直在滚那块奶酪,就像滚一只汽车轮胎。他走出地窖,朝着法院的方向走去。人们扭过头看,竖起耳朵听。

"奇怪,一块会唱歌的奶酪。"

"当然了,这是帕尔马干酪。帕尔马人热爱歌剧。"

"他们发明了一切,除了一样。"

"什么?"

"不工作就能吃饭的方法。"

"无知!不工作照样吃饭的人多了去了。"

猫先生把奶酪推到法官的桌子前,请求公正的裁决:

"法官大人,老鼠偷了我的奶酪!"

"是吗,"法官说,"应该是奶酪偷了老鼠。"

"就是这样,就是这样!"老鼠把脸贴在洞口,吱吱叫道,"他这么做涉嫌非法监禁,法官大人!我们共有九个人!其中七个是十四岁的未成年人!"

"可是,奶酪被你们吞吃了!"猫先生大吼道。

"您送给我们,我们才吃的。这是做广告用的奶酪,公司的赠品。"

"是真的吗?"法官问。

"可惜是这样。"猫先生不得不承认。

"那我也来一块。"法官说,"我欣赏好的广告,也很喜欢《旋转木马》这个广告节目。"他命令发给老鼠通行许可证,并派人护送他们回家,路上不会有任何危险。猫先生承担诉讼费用。

砰!法槌落下,案件终结,法官舔了舔胡子。

老鼠们被护送回家,一路上,他们一刻不停地唱着那首赞歌,给这首歌谱曲的是他们的一个祖先——乔万尼·塞巴斯蒂安诺。

猫先生则回到他的商店,收银员兴高采烈地跑过来迎接他:

"德·索利安尼斯侯爵夫人订了七百一十五罐。今天晚上七点四十分就要。我算了一下,送这单货,我弟弟得跑七趟。"

"我是不是很能干?"送货员小猫问,"是不是该给我加薪?"

猫先生一声没吭,爬到柜台上,沉思起来。他想:"这就是广告的回报:你做出牺牲,开了家新店,买了罐子,贴了商标,雇了员工,为客户的利益忙碌。可是,你得到什么了呢?还得承担买奶酪和诉讼的费用。这一切都是因为老鼠们拒绝理解商业利益,完全不考虑营养问题。"

"这个世界完蛋了。"猫先生一边想着,一边心不在焉地舔着一只还留有帕尔马干酪味的爪子,"为他人做好事不值得,尤其是老鼠!"

"老鼠……"猫先生想着,沉浸在悲伤之中,尾巴从柜台上垂下来,就像全国哀悼日时降到一半的国旗,"他们一辈子不幸,得不到任何荣誉。我想给他们一个更好的未来,把他们放在橱窗里,置于众人的目光下。我自己花钱为他们找来结实的锡盒,密封良好,上面还贴了商标,(对不起,如果这还不够!)商标是找一流画家画的,美化了老鼠,现实生活中他们哪儿有那么漂亮?还附赠开罐器和积分，定了一个人人买得起的价格。你看，这就是结果。他们反抗我，阴谋搞破坏，为了给我定罪，还用帕尔马干酪贿赂法官。世上再没有什么正直可言了。糟糕透了。我还不如去当强盗。"

猫先生玩味了一会儿这个想法。他把自己想象成强盗、土匪和海盗的样子。一块黑布蒙住左眼，尾巴上挂着一面旗，旗上有一个骷髅头加上两根交叉的骨头。他的口号是："我的爪子放在哪儿，哪儿就不会再有老鼠。"

他看到各大报纸的头版头条都在赞美他的丰功伟绩：

地窖恐怖再度来袭！
抓住强盗猫，
奖励一百万只老鼠！
城里所有的尾巴都在颤抖。

"猫先生，"这个时候，收银员说，"我该怎么回复德·费里尼斯伯爵夫人和德·索利安尼斯侯爵夫人？"

"猫先生，"收银员的弟弟说，"我是骑我的三轮车上门送货，还是公司给我配一辆面包车？"

"猫先生，"收银员又说，"税务局的那个人来过了。他看了一下收银台，看到里面没有一分钱，他说明天再来，下雨也来。"

"猫先生，"收银员的弟弟说，"既然今天没什么事情了，我可以跟我的朋友们去踢球了吗？我是球队的守门员，您知道，我能用尾巴挡住点球。明年我可能会为普罗

—福林波波利队效力。"

猫先生心里一惊:"我得操多少心哪!货品、客户、收银员、税、送货员、普罗-福林波波利队……"

"我的朋友们,"猫先生语气坚定地说,"这一页翻过去了。罐装老鼠肉生意不好做。也许这个项目太超前了。天才的想法不总是能立刻得到他人的理解和欣赏。即使当年伽利略说地球绕着太阳转也受了不少迫害,更不要说克里斯托弗·哥伦布了,他准备去探索美洲大陆的时候,都没有人愿意给他三条三帆船。至于我,还是留给后人评说吧。"

"是吗?"收银员说,她倾耳细听,心里充满了对猫先生的崇拜。

"我决定了。不卖罐装老鼠肉了。我要卖老鼠药。"

"多么了不起的主意!"收银员叹了口气说。

"不是了不起的主意,"猫先生说,"我也想不到啊。我们能把老鼠药做成大生意。我在这些方面有特长。"

"您真是太厉害了!"收银员喵喵叫着说。

"您还打算送货上门吗?"送货员问。

"送。"

"那我们的工钱拿什么付?但愿不是毒药。"

"我会给你们现金。"

"那我得学着算数了。"送货员说,"现在我可以去踢球了吗?"

"去吧。"猫先生大方地说。他从橱窗里取下旧广告牌,立刻在上面写了几行字:

优质老鼠药
每盒赠积分
买三赠一

"字写得真好看啊!"收银员赞叹道。

"这不算什么。"猫先生说,"我打的字更好。"

"您比您自己还优秀。"母猫说。

"没办法,我就是这样的人。您想象一下,我开车的时候能不停超自己的车。"

"太棒了!我会讲给我妈妈听。您知道吗,她总是想听我谈起您。"

猫先生没说他知道不知道。

不过,最终,他肯定会知道的。

事实上,后来,猫先生和那只母猫结了婚,生活得幸福愉快,从早吵到晚。他们抓彼此的鼻子,往对方后脊梁上丢老鼠药盒子,挥舞着开罐器气呼呼地追着打。老鼠们看到这个情景都很开心,开心极了。其中一只老鼠还在他们的商店里挖了个洞,很多亲戚、朋友和熟人去看他都只是为了看这对漂亮温柔的小两口儿吵架。

每看一场演出得付给这只老鼠十个里拉。

所有人都嫌贵,但他们照样花钱去看。

这只老鼠后来成了大富翁,还改了名字,叫男爵。

《猫先生的生意》概要

从前有只猫,开了家食品店,
他有做买卖的本事。
出售罐装老鼠肉,这是他的职业,
就像有人会修水管,有人当理发师。
他有霓虹灯招牌和宽敞的橱窗,
可以按铃的收银台,收银员是只母猫咪。
五颜六色的商标上露出一块显眼的广告牌:
"买三罐老鼠肉赠一个开罐器。"
可惜他遇到了麻烦,真叫人泄气:
老鼠们根本不想进到盒子里……
他们过来看看橱窗,哄笑一番,
一声不吭就离去。
这只猫被迫改行,
他还是个商人,因为他酷爱做生意,
贩卖消灭老鼠的毒药,
他们根本不满意。

猫的画像

猫不是任何人的朋友,
他进门,吃饭,伸懒腰,回头见,
以为家是旅店。

他不热烈欢迎主人,
不陪主人出去走一走,
你把石头丢得远远的,
他也不知道捡回来,
也不会像狗狗,
眼神乖乖的,
过来舔你的手。

他喵喵叫的时候
好像在说谎。

所有的动物

我希望有一天
可以跟所有的动物
交谈,
你们怎么看?

谁知道马会说出怎样的妙语,
鹦鹉、鳄鱼和
蛇知道的故事,
会不会很有趣。

每天早上下蛋的
一只普通的母鸡,
谁知道她的咕咕叫
想告诉我们什么秘密。

还有大象,那么粗壮,
他知道的故事应该比他的鼻子还长。
但他叫的是什么,
又有谁能明白?

什么都不跟我们说的还有猫。
问他好不好,
他根本不回答。
最多叫一声"喵——",
也许他想说的是"你好"。

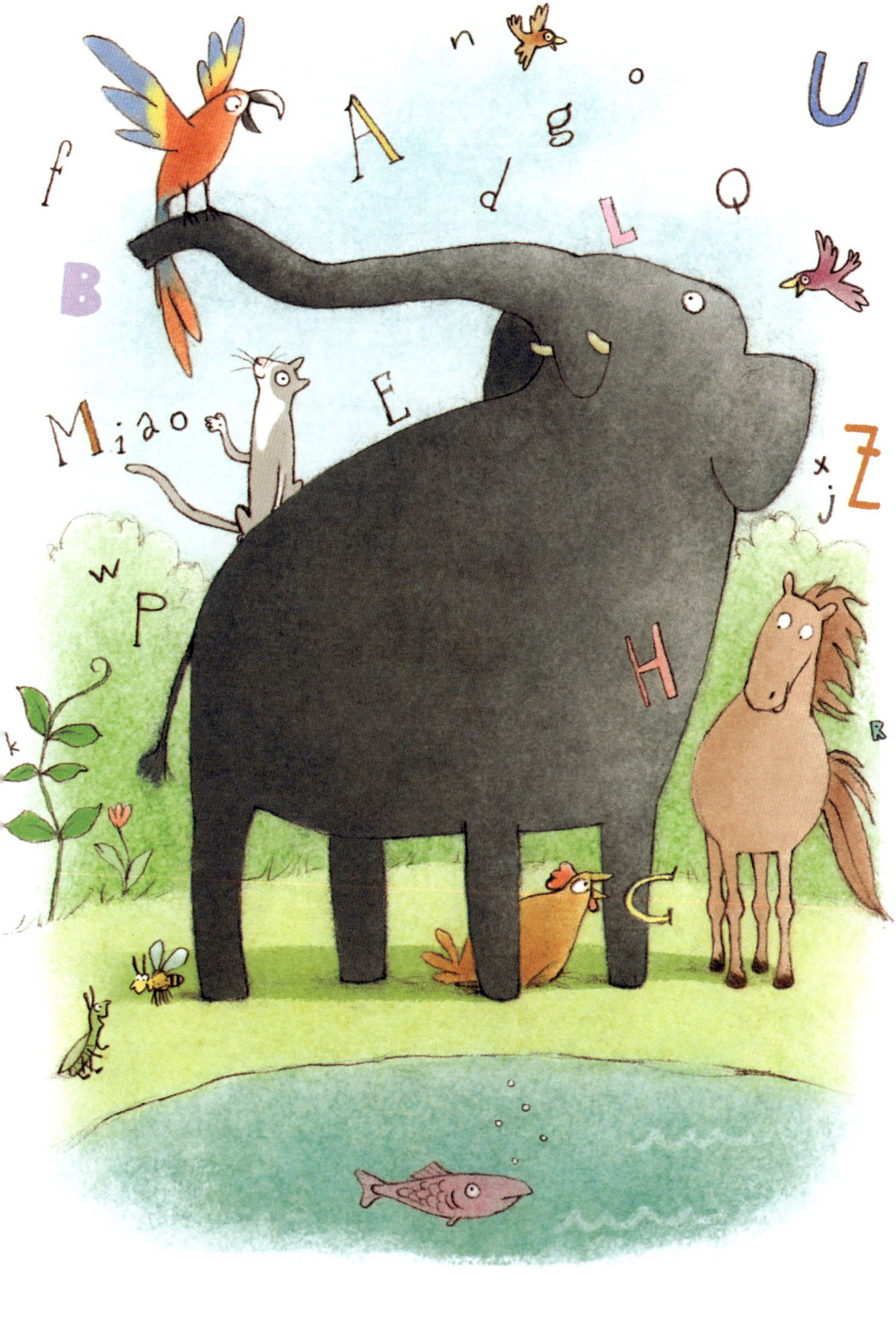

n
o
U
f
A
g
d
Q
L
B
Miao
E
x
j
Z
w
P
H
k
R
C

猫 教 授

古埃及那会儿，
我们猫，真是好运气：
我们是神，
住在寺庙里……
所有人都崇拜我们，
分外把我们珍惜，
每天喂给我们的食物
都是最稀有的东西。
而如今，真悲惨，
世上没有了天理：
丢给我们一块鸡骨头，
就算对得起。

猫　报　纸

猫有一份报纸，
刊登各种消息，
最后一页是
"广而告之"：
"寻找舒适的房子，
有老式扶手椅，
不接受孩子，
他们会揪尾巴。"

"寻找老太太，
做伴是目的。
确认是否在肉店赊过账，
还有个人的履历。"

"获奖猎人找一份
谷仓里的差事。"

"素食主义者愿意
在奶制品商店就职。"

"房屋只租给体面人，
（被迫旅行）
正中央阁楼，

屋顶有出口。"

"特卖大减价:
综合集市
清仓处理沙丁鱼刺、
鳟鱼刺和鲨鱼刺。"

无家可归的猫
星期日午餐后,
读这些比小说
还好看的广告,
做上一两个小时的
白日梦,
然后回去准备
晚上的音乐会。

拴着皮带的孩子

我见过一个
像小狗一样
拴着皮带的孩子。
猫惊讶地
看着他,
摇着仿佛
一面自由旗
的尾巴。

猫 的 名 字

一个小女孩有只猫,
她每天都会给它
换个名字叫。
猫糊涂了,
叫哪个名字,
它都会回头瞧。
后来,听到任何词,
哪怕是叫它无赖,
它都会停下脚步。
  (真是世上唯一
可爱的无赖哟。)

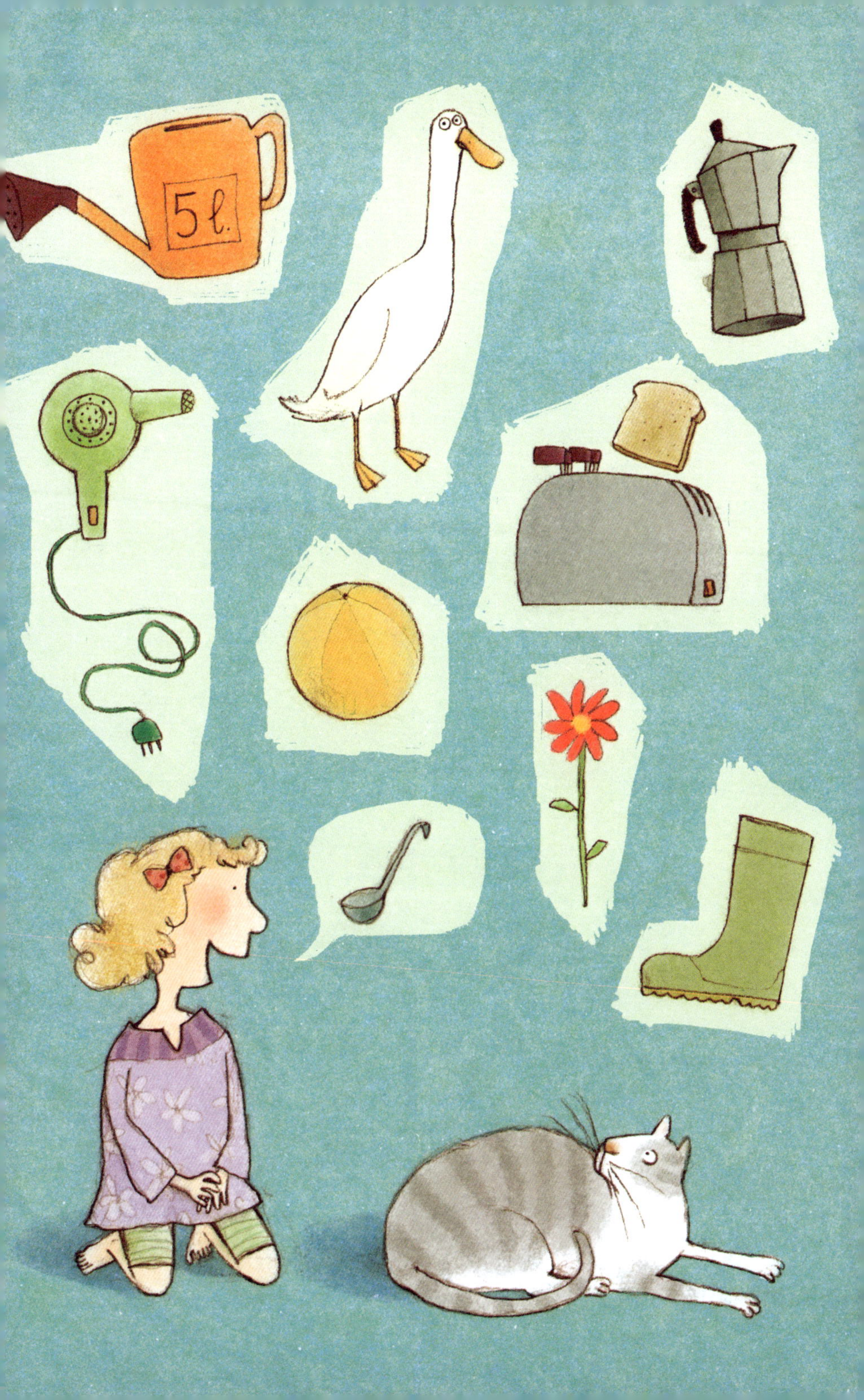
5ℓ.

阿古斯蒂诺

阿古斯蒂诺，
没有经验的猫，
把爪子放进轻油里，
为了弄干净，
马上用舌头舔。
感染，瘫痪。
兽医把他带走，
交到清洁工手里。
他因为爱干净而死。
阿古斯蒂诺，阿古斯蒂诺，
没有谁的灵魂
比你的更高贵。
如果再有一只猫，
我们还是会让他叫你的名字。

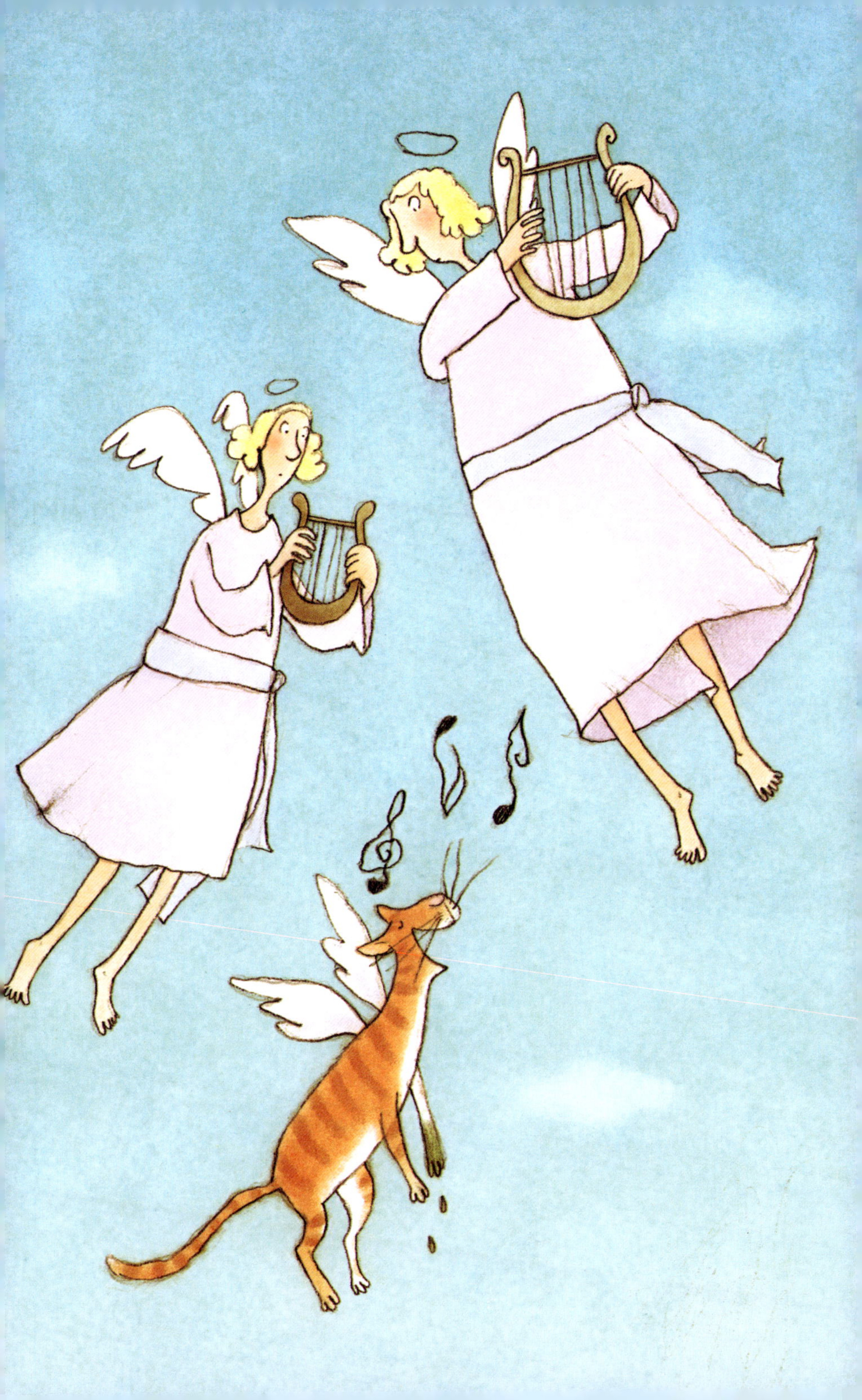

阿 图 罗

阿图罗,飞猫,
从罗马到都灵一个小时,
　(在喷气式飞机上,
一个小篮子里……)
他喜欢看窗外,
吃个三明治,
拉小提琴,
跟邻居聊耗子。
长大他要当飞行员,
用尾巴驾驶。

古 斯 塔 沃

古斯塔沃，猫艺术家，
他是个双料钢琴家：
弹钢琴时用四只爪，
即使是肖邦，
也只用两只手弹。

一架漂亮的三角钢琴
最适合生来
有尾巴的钢琴家——
比穿燕尾服好看多了。

古斯塔沃在
黑键上，
白键上，
总谱和烛台上，
优雅地起舞。

多么敏感的猫！晚上，
古斯塔沃弹奏催眠曲时
在键盘上睡着了。

查 理 曼

我们有一只叫查理曼的猫。
吐宽面条,吹长笛。
经常踮起脚走路,
跟浴缸保持一段距离。
美丽的动物,从头到尾,
一直到尾巴尖,
从不与外人聊天;
自由地来来去去,
自由地离开一切,
走了也不说声再见。
他失踪了,我们只能喊他的名字,
喊啊喊,
他不让我们知道他为什么不想回家。
偶尔会收到一张明信片,
但写明信片的不是他,
电话铃声响起,
但不是查理曼打来的电话。
有人拨错了号码,
也不说声对不起,
那个家伙好无礼。

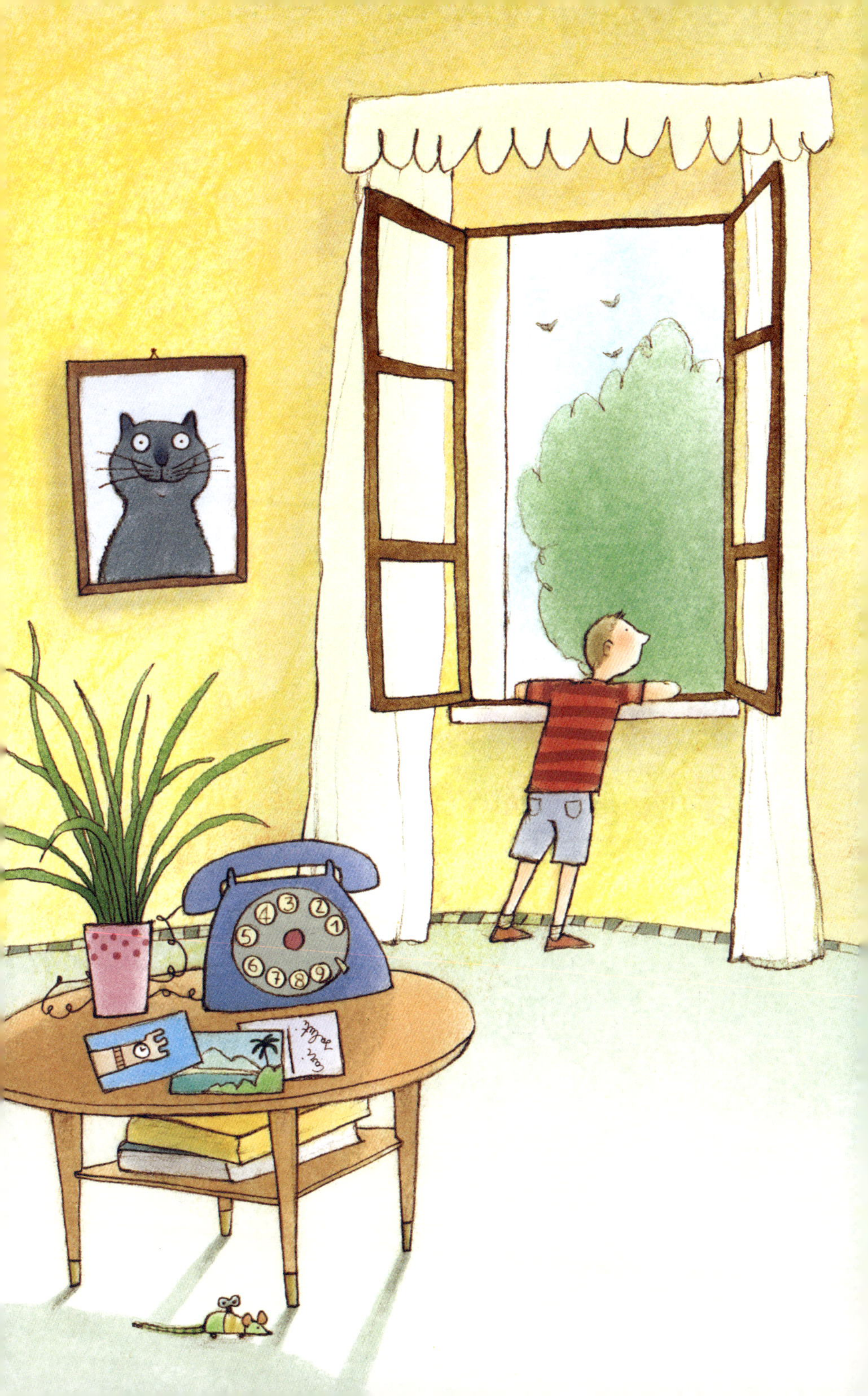

加斯托内

加斯托内是只猫,
情感崇高。
喜欢高处,
偏爱高度,
正如所有纯洁的灵魂:
从扶手椅到桌子,
从桌子到沙发,
只在最高点漫步。
这个孤独的登山家,
只在必须
喝牛奶的时候
下到山谷。
然后,再回到山峰之间,
睡觉或思考。

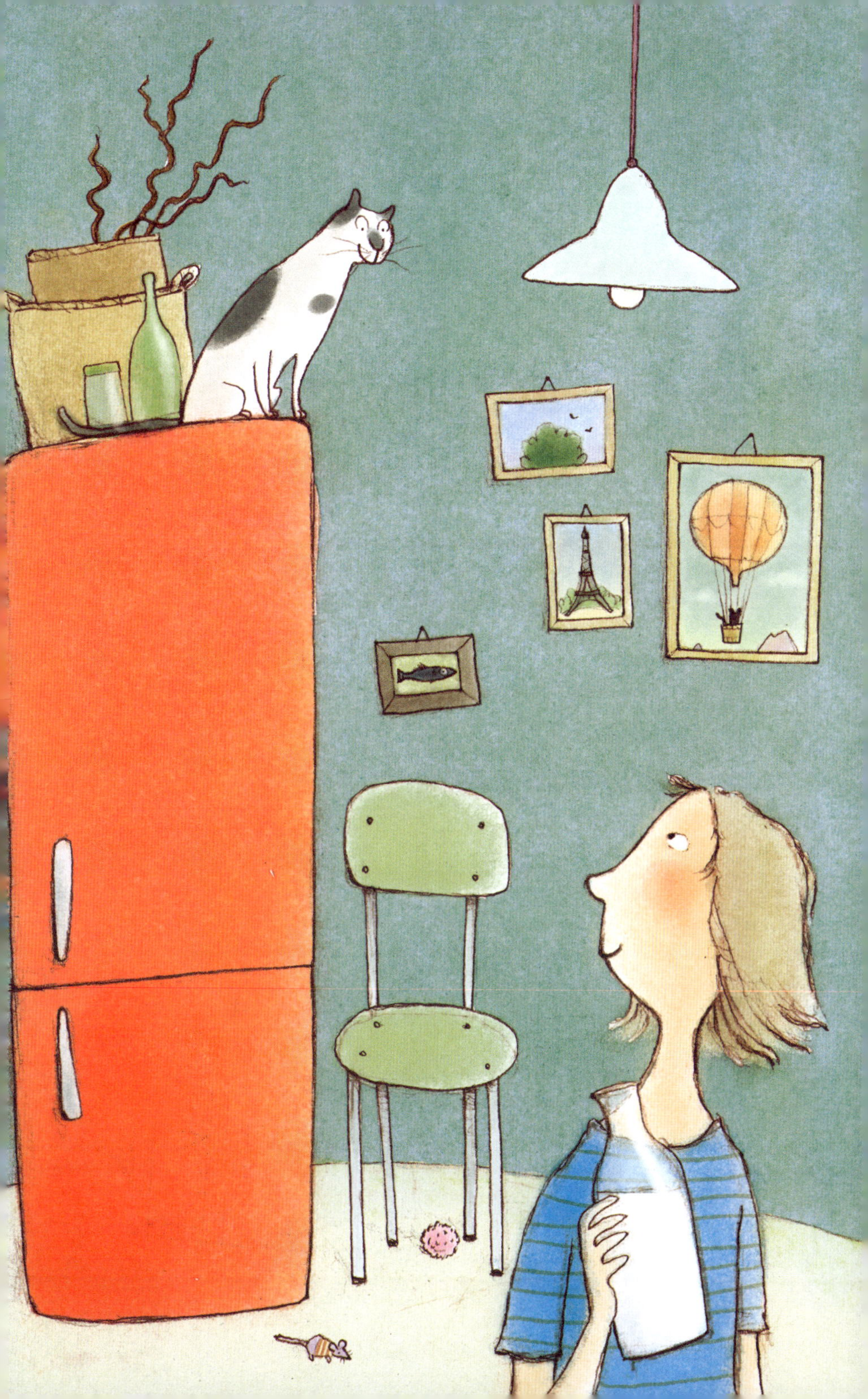

教 师 猫

一只叫瓦伦蒂诺的猫
想教一只
小老鼠讲英语。
他把语法和奶酪
放进圈套,
然后开始
等那个家伙中招。
等待的同时,
他一遍又一遍地唱道:
"英语在这里等着你,
小老鼠快跑。"

老鼠尖叫,
这样回答道:
"我喜欢这门语言,
但不喜欢这个老师。
说老实话,我来不了。"

猫思想家

一只居家的猫
有一天在沉思,
暗自像哲学家一样思考着
这个世界上的事:

"世界?真是垃圾。
不值得费神
看它一眼:
灰突突的,全是一副样子。

他们说:高山、大海、
蓝天、花朵……
但一切都是灰沉沉的!
我在电视上见过。

他们对我谈起日落,
好像多么了不起的事。
我见过,在电视屏幕上:
除了灰色,还是灰色。

蝴蝶应该是五颜六色的……
我不觉得。
他们也是灰色的。

总之，我不动窝。

费神去旅行：
为了什么？有什么目的？
待在家里很无聊，
但至少可以休息。"

那只猫思想家
就是这样推理，
靠他的电视机
来评判世事。

米兰、都灵和对面

从前有一只叫米兰的猫。
还有一只叫都灵的猫。
你们很可能觉得这件事很蹊跷:
也有两座城市把这两个名字来叫。
猫通常叫皮奥米诺。
可是没法子:那里的那两只猫
就叫我说的名字。
从前还有一只猫叫对面。
这还没完。
为了说得更清楚,我补充一下,

都灵猫住在雷科阿罗,
米兰猫住在墨西拿,
对面住在迪亚诺马利纳。
三只猫的主人都是火车站站长,
混乱就从这里开始。
墨西拿的站长,手里拿着信号牌,
大声叫他的猫:米兰!
前往伦巴第大区首府的旅客们
全都开开心心地下了车:"你们看,"
他们面带微笑说,"这趟车提前到站,
从巴勒莫到米兰用了不到两个小时……"
这只是其中的一个例子。
其他张冠李戴的事
每个人可以随意展开想象。
寓意:为了避免发疯,
有些城市不该再和猫叫同样的名字……

酒吧里的猫

八月的晚上,猫们
去酒吧和冰激凌店,
他们总是假装来到了
另一个地点,
这样,服务员就
不能将他们驱赶,
因为他们会说:"你看,

我们以为这是文具店,
我们想买把小刀
修一下爪子尖。"

他们小心翼翼地
在桌腿间绕来绕去。
不打扰孩子。
不弄破女士们的袜子,
因为女士们
夏天不穿袜子。

他们眯缝着眼睛,
耐心地等在那里,
一旦蛋卷太满,
掉下来一点儿鲜奶油,

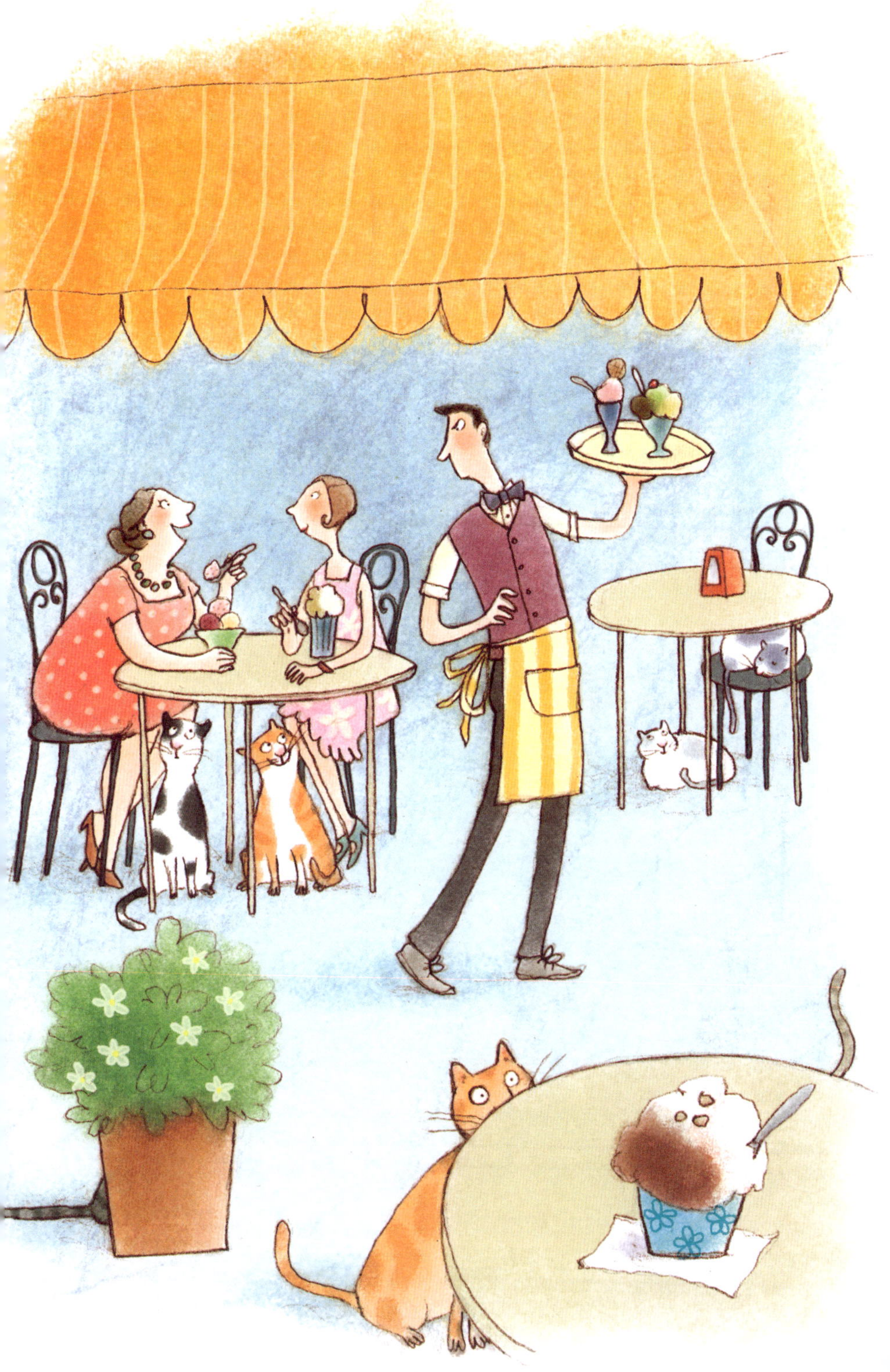

或者杯子倾斜了,
落下来草莓、奶油、巧克力,
他们就会一跃而起,
像一只猫那样
舔地面。
可是你听不到
他们的呼噜声,
因为一辆摩托车正好
油门大开轰隆隆开过。

猫和老鼠

一只图书馆的老鼠
发现画上的一只猫,
立刻扯下他的一根胡子,
恐惧没有一丝一毫。

"就这样吗?"他事后吹嘘,
"这就是那个威胁我们的妖怪?
他不敢反抗,
浑身都是废纸味。"

勇敢的小老鼠
毫不迟疑,
吞下整只猫,
从尾巴到耳朵。

可是,他饭后休息时,
一只猫将他抓住;
这只猫有血有肉,
还有长长的爪子。

"阁下,别误会,
您抓错人了……
我是只有文化的老鼠,
我的肉不好吃。"

"我尊重纯文学,"
猫说,"这是实话。
不过,您应该从现实世界中
学点有用的东西。"

猫和母鸡

据说,猫
不会说话。
错。他说得好极了。
只是不愿意说话。

他不愿意
逢人便说,
肉新不新鲜,
奶好不好喝,

他不像母鸡
那么爱慕虚荣,
下个蛋,
唱一上午。

这么小一个鸡蛋,
吹嘘得不行,
好像她下了
一整张煎蛋饼。

秋 天

猫追逐人行道上的
枯叶子,
以为它们还活着,
与扫落叶的扫把一争高低。

从高高的树枝上
飘落的红叶和黄叶,
是向他的跳跃
挑战的蝴蝶。

年月缓慢地死去,
对他和那些日落时
生起熊熊篝火的人而言,
不过是一场好玩儿的游戏。

冬　猫

今天早上，冬天
用它多云的后背
蹭学校的玻璃，
仿佛一只灰色的老猫
用雾变魔术：
让房子出现
而后消失；

尾巴上挂着一根冰柱,
雪的爪子弄白大地……
是的,老师,
我的心思不在这里。
可是没有法子,
那只猫,还有窗前的冬日,
偷走了我的心思,
雪橇将它们带走,
踏上开心的小路。
叫它们回来也是无益:
或许正缠绕着
光秃秃的树枝;
或许伪装成乌鸦和麻雀,
它们悄无声息,
哦,真是甜蜜的诡计。

祝猫咪新年快乐

我认识一个人,
来自沃盖拉或者斯坎诺,
他想祝愿猫咪们
新年快乐。

他走在从摩德纳
到齐尔切奥的大街上,
刚遇到一只猫咪,
就对他说:"你好呀!"

猫不了解
这种祝福,
不回答他,
反而逃到墙上去。

人们很惊讶,
嘴里嘟囔着:
"您应该祝我们新年快乐!
我们会对您说'也祝您新年快乐!'"

不,那位来自诺瓦拉
或者帕蒂的先生很固执,

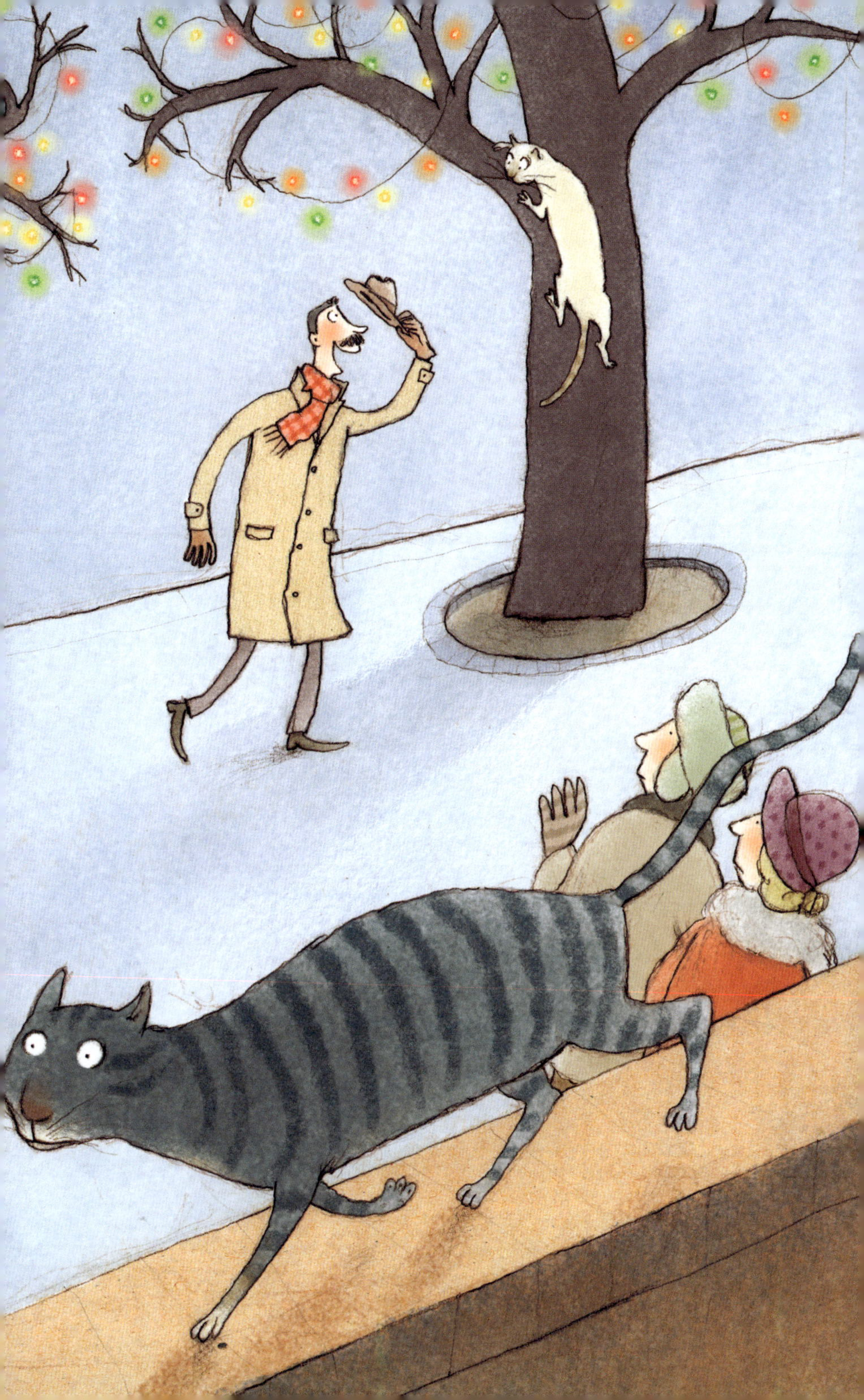

他说:"绝不,
我想把祝福送给猫咪。
我想耐心地
从锡拉库萨到贝卢诺,
把祝福献给那些人,
他们从来没有被祝福过。"

罗马的猫

罗马的猫
是有文化的猫:
他们只聚集在
名胜古迹。

聚集在万神殿和古罗马广场,
完全不理会游客,
那些高贵的猫音乐家们
举办他们自己的音乐会。

他们可能过得不好,
贫穷、掉毛,
但他们永远
是首都的猫。

要知道,游客们
总是漫不经心:
他们只看罗马狼,
不喜欢猫咪。

作家们只谈论
坎皮多利奥山丘的鹅,
这么傻的动物,

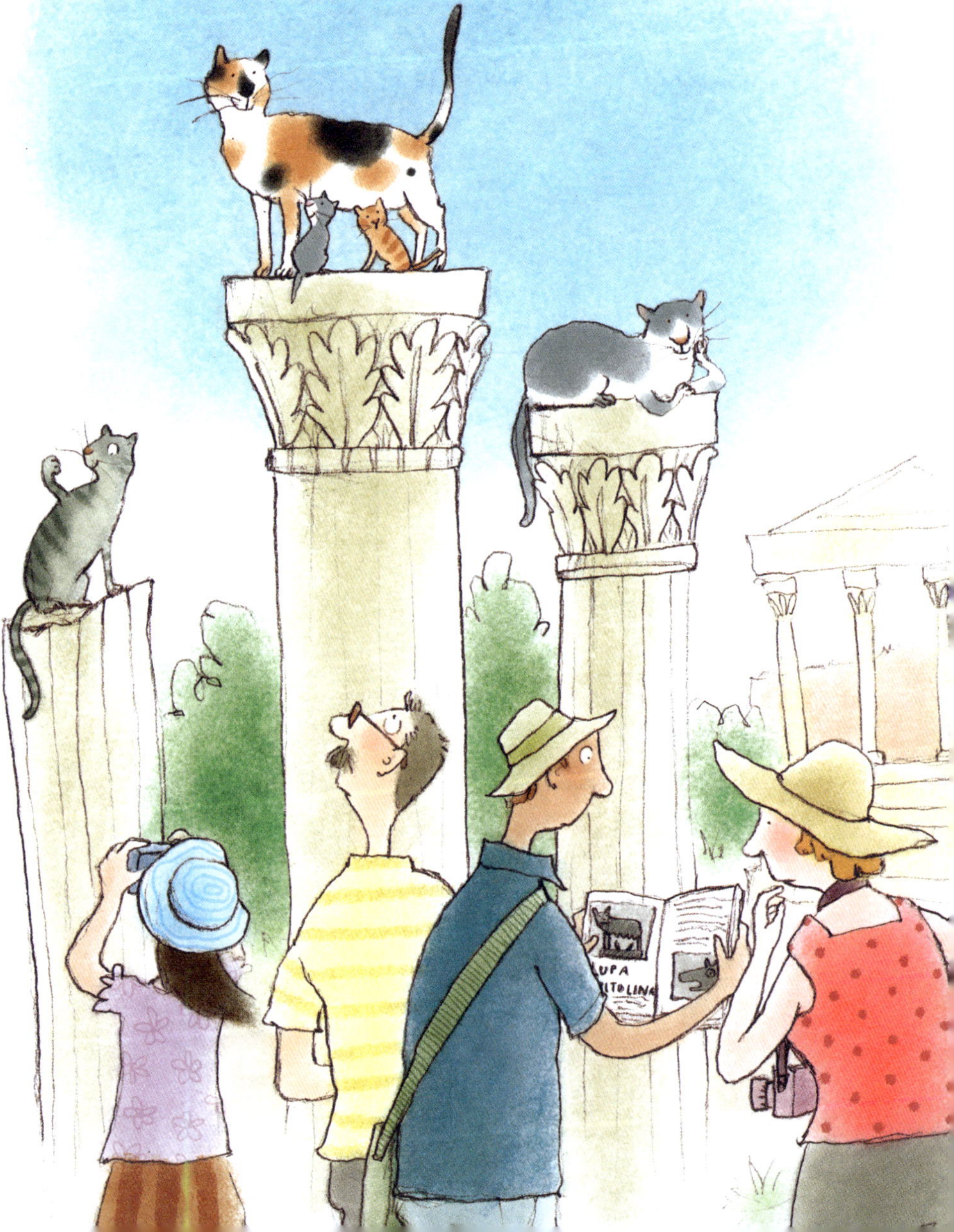
LUPA
ITOLIN

没有一丝骄傲。

但真正的罗马人
明白事理,
他们很爱
城里的猫。

你看他们拿着
大包和小包,
里面装着剩饭,
送给他们喜爱的猫。

聪慧的猫咪们
带着适度的高傲,
才不会在
千恩万谢上
把时间消耗:
他们在小男孩们的石子
够不着的地方,
在阳光下吃早餐,
舔着小胡子。

猫　星

那个时候，在罗马，很多人跟猫一起走了。思想者，由于汽车的缘故，再也找不到思考的宁静；有故事要说的老人，却没有人听他们说，家里没有了他们的位置；独守空房的女人，收拾好东西，消失了，从此音信全无。他们跟猫一起走了。

他们是怎么消失的呢？后来人们才慢慢知道。其实很简单，这种事主要发生在阿根廷广场。

这座广场是这样的：四周是街道、楼房、汽车、无轨电车和嘈杂声，但广场中央的一块空间有几座辉煌的古罗马遗迹，两三座小神殿的废墟，半根倒下的圆柱，几块小草坪，几棵松树，几棵柏树。还有猫。那里面和下面，绿树成荫的地下通道里，古老的门廊下面，不能过车，仿佛车海中的一座岛屿，一道栅栏和几级台阶将它与车海隔开。他们走下台阶，来到猫中间。那里有很多猫，各种各样的猫。有捉蜥蜴的小猫崽，还有一直在睡觉、只有当拿着剩饭的"猫妈妈"来时才会醒来的老猫。每只猫挑一个自己最喜欢的地方，钻进壁龛里，躺在圆柱脚下，或者在神殿的台阶上蜷作一团。

那些人走下台阶，跨过低矮的栅栏，变成了猫，接着立刻舔起了自己的爪子。

路过此地的人，比如，那个人从无轨电车的车窗向外看，看到的只是猫。他能分辨出被石头砸坏一只眼睛的猫，打架时失去一只耳朵的猫，灰色的、红色的、虎斑的和黑色的猫。但是，他们不知道，这些猫里面有猫爹和猫娘生养的真正的猫猫，还有曾经在人间做过邮政部官员、火车站站长、挂车司机或出租车司机的人猫。

应该有一种方法可以区分他们。举个例子来说，"猫妈妈"来的时候，有的猫会冲上去争抢动物的内脏、鱼头、奶酪皮，这些猫是猫猫。其余的猫则不吵不闹，先看一眼包剩菜的破报纸。他们会读一读从最精彩的部分撕掉的新闻的半个标题和十行字，看某个公主的结婚照。这样就可以把想法整合在一起，了解世界上发生的事，知道政府什么时候增税，某个地方是否爆发了新的战争。

那个时候，跟猫一起走的还有德·玛吉斯特里斯小姐，她是名退休教师，跟妹妹合不来就离家出走了，还把那只心爱的叫奥古斯蒂诺的猫也留给了妹妹。在漫长的一生中，德·玛吉斯特里斯小姐教会成千上万个孩子读书写字，养过几十只猫，但所有的猫都叫奥古斯蒂诺，因为她的第一只猫叫这个名字，那只猫死在有轨电车的车轮下，她从来没有忘记过它。德·玛吉斯特里斯小姐来了以后，猫中间发生了很多事。

一天晚上，她给莫里科尼先生讲解天上的星星，莫里科尼先生曾经是一名清道夫，现在是一只黑猫，胸前有一颗白色的星星。其他的人猫和不少猫猫也在听她讲解，抬

头望着天,她说:

"你们看那儿,那是大角星(Stella Arturo)。"

"我认识一个叫阿图罗(Arturo)的人,"莫里科尼先生说,"他总是向别人借钱玩彩票,但是从来没中过奖。"

"你们看到那边的那七颗星了吗?那儿,还有那儿,那是大熊座。"

"天上有一只熊?"海盗猫怀疑地问,这只猫猫绰号海盗,因为他跟历史上很多海盗一样,是个独眼龙。

"其实,"德·玛吉斯特里斯小姐说,"天上有两只熊:大熊座和小熊座。天上还有两条狗:大犬座和小犬座。"

"狗。"海盗轻蔑地啐了一口,"好极了。"

"天上有很多用动物的名字命名的星座吗?"莫里科尼先生问。

"很多。有巨蛇座、天鹤座、天鸽座、杜鹃座、白羊座、驯鹿座、蝎虎座、天蝎座……"

"好极了。"海盗重复道。

"还有山羊座、狮子座、鹿豹座。"

"真像一个动物园啊。"海盗评论道。

另一只猫猫,胆小到说起话来结结巴巴的,他的外号是小脏脏(小脏脏其实一点儿也不脏,他每天清洗自己二十次。你们也知道,外号嘛……)小脏脏问:

"那……也……有……有……妈……猫吗?"

"不好意思,"德·玛吉斯特里斯小姐微笑着说,"没有猫。"

"我们看见那么多星星,"海盗说,"居然没有一颗星星叫我们的名字?"

"一颗也没有。"

猫哼哼着,发出不满和抗议的声音。

"好啊,这个……"

"蝎子、蜈蚣、蟑螂,有星星;猫却一个也没有……"

"难道我们还没有山羊重要吗?"

"难道我们是下人的孩子吗?"

那天晚上的最后一句话轮到那只海盗猫说:"没什么可说的了,看来,人类是真爱我们。需要捉老鼠的时候,猫到这儿来,猫到那儿去,星星却给了狗和猪。从今往后,我要是再碰一下老鼠,这只好眼也掉下来。"

一段时间过去了。一天,莫里科尼先生在一片带有鳕鱼干味的报纸上读到一个标题:"学生们占领了……"报纸就在这里被撕掉了。

"他们占领了什么?"他大声问自己。

"大学,"德·玛吉斯特里斯小姐向他解释,做过老师的她无所不知,"他们对什么事情不满,为了表示抗议,就占领了大学。"

"可是,怎么占领呢?"

"我想是这样的:他们进去,关上门,举办新闻发布会,让大家知道他们想要什么。"

"呃……你看吧。"小脏脏非常激动,结结巴巴地说。

"你看吧,然后呢?"海盗嘟囔道。

"当……当然了。我……我们……就……就该……该这……这么做!"

"我们跟大学有什么关系?"

"为……为了……那……那颗……星……"

"我明白了,"海盗翻译他的话,"人类不给我们星星,为了表示抗议,我们要占领……对了,占领什么呢?"

谈话很快变成喧哗。猫猫和人猫,抓住小脏脏的想法,热火朝天地讨论如何将这个想法付诸实施。

"必须占领一个重要的地方,让人们立刻就能觉察到。"

"火车站!"

"不,不,不能造成铁路灾难。"

"威尼斯广场!"

"他们会以妨碍交通为由逮捕我们的。"

"圣彼得大教堂的圆顶!"

"太高了,一只猫,站在那上面,得拿望远镜才能看见。"

这次，最后一句话又轮到海盗说。

"斗兽场。"他说。所有人立刻明白这是个好主意，应该占领斗兽场。

海盗马上成为这次行动的指挥："我们阿根廷广场的猫太少了。必须通知阿文提诺山、帕拉蒂诺山、古罗马广场和圣卡米洛的猫……"

"哎，那些猫！他们不会来的，他们吃得太好了。"

圣卡米洛是一家医院。病人在楼里，猫在楼周围的草坪上和灌木丛里。一到开饭的时间，他们就在窗户下面排队，甚至提前一刻钟，等病人扔下吃剩的午饭和晚饭。

"他们会来的。"海盗斩钉截铁地说。

他们真的来了。夜里，他们从罗马各处赶来，从遗迹，从地窖，从历史悠久的名胜古迹，从到处是垃圾的穷街陋巷，从台伯河区，从蒙蒂区，从帕尼科，从波尔蒂克多塔维亚，从市中心的所有旧城区，从远郊的棚户村，成百上千只猫前来占领斗兽场。每一道拱门，每一层，都被一排密密麻麻尾巴直立的猫占领。顶部最高的石头上挤挤挨挨地站了一大排，远远地用肉眼就能看见。

最先看到他们的是工人和酒吧的伙计，他们是罗马最早起床的人。然后是公务员，他们八点钟上班（还有人说罗马人爱睡懒觉……）。没用几分钟，古老的圆形露天剧场周围就聚集了一大群人。猫们默不作声，但人不是。

"咋回事？选美比赛？"

"列队游行吧，应该是猫的国庆日。"

"你看这么多猫。现在我给家里打个电话,告诉我的猫。我出门的时候,他还在睡觉。他肯定也想来。"

九点钟,第一批游客到了。他们想进去参观斗兽场,但入口被堵住了,所有入口都被猫占领了,他们进不去。

"走开,走开,畜生!我们想看斗兽场。"

"丑猫们,快走开!"

有的罗马人不爱听了:"丑猫?你们以为你们漂亮吗?听着,你们这些游客!"

粗话满天飞,罗马人和游客马上就要打起来了,这时,一个女游客喊道:

"好棒!好棒的猫咪!猫咪万岁!"

其实,德·玛吉斯特里斯小姐刚才发了个信号,猫们解释了他们这么做的原因,现在他们正挥舞着一面大白旗,旗子上写着:"我们要讨回公道!我们要猫星。"

罗马人和游客开怀大笑,亲如兄弟,热烈地为他们鼓起掌来。

一个爱嘟囔的马车夫叫道:"什么意思?吃耗子还不够,你们还想吃星星?"

那个女游客是教天文学的老师,她明白是怎么回事,给那个马车夫解释了一下。马车夫被她说服了,嘟囔道:"好吧,他们这么做也有道理,可怜的动物。"

总之,这次占领行动很成功,一直持续到半夜。然后,各个部落的猫分头散去,蹑手蹑脚走在沉睡的首都的街道上。

德·玛吉斯特里斯小姐、莫里科尼先生、海盗、小脏脏，以及阿根廷广场所有的猫猫和人猫默默地排着队走过古罗马遗迹、威尼斯广场和博泰加奥斯库雷大街。

说实话，小脏脏心里还是有一点儿疑问："现……现在是……给……还是……不给……我……我们……星……星？"

海盗说："镇静，小脏脏，罗马又不是一天建成的。现在，他们已经知道我们想要什么了，也知道我们有能力占领斗兽场。顺其自然，一点儿一点儿来。如果马上就给我们猫星，很好。否则，我们就通知米兰的猫，他们会占领米兰大教堂；我们再联系巴黎的猫，他们会占据埃菲尔铁塔，等等，我说清楚了吗？"

小脏脏没有回答，而是翻了个跟头：翻跟头的时候，他可一点儿也不"结巴"。

"不过，"莫里科尼先生补充道，"好。不过，他们可得当回事，而且必须把猫星放在阿根廷广场的正上方，否则不算数。"

"会是这样的。"海盗说。和往常一样，做总结性发言的那个人总是他。

我跟猫走

安东尼奥先生是个退了休的火车站站长,他有一个儿子,一个儿媳妇,一个名叫安东尼奥的孙子,小名尼诺,一个名叫丹妮拉的孙女,但是,没有一个人听他的话。

"我记得,"他讲了起来,"我在波吉邦西做副站长的时候……"

"爸,"儿子打断他的话,"能让我安安静静地看一会儿报纸吗?我对委内瑞拉的政府危机特别感兴趣。"

安东尼奥先生转向他的儿媳妇,又从头说了起来:"记得我在加拉拉特做站长助理的时候……"

"爸,"儿媳妇打断他的话,"您干吗不出去走走?您也看到了,我正在用蓝色蜡给地板打蜡,这样地板会更亮。"

安东尼奥先生在孙子尼诺那儿的运气也不太好,尼诺要看有趣的漫画——《撒旦大战魔鬼》,不满十八岁的禁止阅读(他十六岁)。他在小孙女身上抱有很大希望,有时候,他会允许她戴上火车站站长的帽子玩列车相撞的游戏,四十七人死,一百二十人伤。可是,丹妮拉也很忙,她说:"爷爷,都赖你,我都看不成儿童节目了,那个节目特别有教育意义。"

丹妮拉七岁,但她很喜欢教育。安东尼奥先生叹了口气,说:"这个家里没有为国家铁路服务四十年的退休人员的位置。早晚我会下定决心走人,我发誓。我要跟猫走。"

结果真是这样,一天早上,他出了家门,说要去买彩票,结果去了阿根廷广场,猫们在古罗马的遗迹间安营。他走下台阶,跨过将猫国和汽车国分开的铁栅栏,变成了一只猫。接着,他立刻舔起自己的爪子来,为了确保不把人类鞋上的灰尘带进新生活里。与此同时,一只有点儿掉毛的母猫走过来,看着他,看着他,盯着他看。最后,她对他说:"对不起,你不会是安东尼奥先生吧?"

"我都不想记着了。我放弃做人了。"

"啊,我早就想到是你。你知道吗?我就是住在你家对面的那个退休教师。你应该见过我,要么就见过我妹妹。"

"是的,我见过你们:你们俩为了金丝雀吵个不停。"

"就是这样。我实在是受够了,不想吵了,就决定来跟猫一起生活了。"

安东尼奥先生吃了一惊,他本以为只有自己能想出这种好主意。结果他发现,在阿根廷广场的猫中间,爸妈都是猫的猫猫差不多占一半,其余的全是曾经是人的猫。其中一个是从养老院里跑出来的清道夫;有几个是和家里的女佣搞不好关系的单身女士;还有一个法院的法官:他岁数不大,有老婆、孩子、汽车、四室两卫的公寓,不知道他为什么要跟猫待在一起。可是,他一点儿架子都没有,当"猫妈妈"拿着装满鱼头、香肠皮、吃剩的面条、奶酪皮、小骨头和动物内脏的纸袋来的时候,他会拿走自己那一份,退到神殿最高的台阶上去吃。

猫猫们不嫉妒人猫:绝对平等相待,态度一点儿也不傲慢。有时候,他们嘴里会念念有词:"我们从来就没想过变成人,火腿那么贵。"

"我们俩可以做伴了。"教师猫说,"今天晚上有天文学会议。你来吗?"

"当然,天文是我的爱好。记得我在拉戈堡当站长的时候,我在小露台上安了一架二百倍的天文望远镜,晚上我观看土星环,木星的卫星排成排,就像算盘上的小珠子,模糊的仙女座像个逗号。"

很多猫凑过来听。他们当中从来没有当过火车站站长的人,他们想知道火车上的很多事,问他为什么二等车厢的洗手间里总也没有肥皂,等等。到了能看清星星的最佳时刻,教师猫主持会议。

"你们看,"她说,"看那儿:那个星座叫大熊座,另一个叫小熊座。你们像我这样转过身,朝广场的右前方看:那是巨蛇座。"

"感觉像个动物园。"清道夫猫说。

"此外,还有山羊座、白羊座、天蝎座。"

"是吗?"有人惊讶地问。

"那边,那边的那个星座叫犬星座。"

"该死。"猫猫们嘟囔着。嘟囔得最厉害的那只猫叫红海盗,大家这么叫他是因为:虽然他浑身是白色的,却很爱冒险。他问:"猫星座,有吗?"

"没有。"教师猫回答。

"难道一颗叫猫的星星都没有吗？哪怕小小的一颗？"

"没有。"

"够了，"红海盗脱口而出，"他们把星星献给狗和猪，我们却什么都没有。好极了。"

猫们喵喵地抗议起来。教师猫抬高嗓门儿为天文学家们辩护："他们了解自己的工作，大家各司其职，如果他们认为不该以猫的名字命名哪怕是一颗小行星，自然有他们的道理。"

"那些道理连耗子尾巴都不值。"红海盗反驳道，"我们听听法官怎么说。"

法官猫明确表示，他辞职就是因为不想再评判任何人、任何事。但这次他破了个例："我的判决结果是——

说天文学家们的坏话!"

掌声雷动。教师猫后悔对既成事实的称赞,发誓改变生活。大会决定组织一次抗议游行。特别咨文将寄送到罗马的每只猫手中:古罗马遗迹的猫、肉铺的猫、圣卡米洛医院的猫——他们在病房的窗子下面排队,等待病人扔饭给他们,以及台伯河岸区的猫、郊区的流浪猫、非法小村镇的杂种猫,还有中产阶层的猫——如果他们想加入进来,暂时忘掉杂碎、羽绒枕和小领圈。他们约好半夜在斗兽场集合。

"太好了。"安东尼奥先生说,"我作为游客、朝圣者和退休人员去过斗兽场,还没以猫的身份去过。这次经历一定很令人激动。"

第二天早晨,参观斗兽场的人到了,有步行或坐汽车来的美国人,坐大巴车推着婴儿车来的德国人,背着睡袋来的瑞士人,带丈母娘一起来的阿布鲁佐人,拿着日本摄像机来的米兰人。但是他们根本参观不了,因为斗兽场被猫占领了。猫占领了入口、出口、竞技场、看台、圆柱和拱门。他们几乎看不到古老的石头,满眼都是猫,数百只猫,数千只猫。红海盗发出信号,猫们打出一条横幅(这是女教师和安东尼奥先生的作品),上面写着:"占领斗兽场。我们要猫星!"

游客、朝圣者和路人驻足观看,忘了走——他们热情地鼓掌。诗人阿方索·嘉托[①]发表了演讲。不是所有人都

[①] 译者注:姓 Gatto,gatto 是猫的意思。

能明白他说的是什么，但显然，只要看看嘉托，就会把他称作诗人，星星也可以称作猫。一次美妙的聚会。猫们从罗马斗兽场出发去巴黎、莫斯科、伦敦、纽约、北京、蒙特波尔齐奥卡托内。抗议活动发展到了国际层面。预计猫们将占领埃菲尔铁塔、大本钟、克里姆林宫的塔楼、帝国大厦、太庙、拉蒂尼烟草店，总之，所有著名的地方。地球上所有的猫将用所有的语言向天文学家们提出这个要求。早晚有一天，不，有一天晚上，猫星将散发自己的光芒。

罗马的猫们回到驻地等候消息。安东尼奥先生和教师猫也迈着轻快的步伐向阿根廷广场走去，计划着其他的占领行动。

他边想边说："尾巴直立的猫装饰整个圣彼得大教堂的圆顶该有多好？"

教师猫问："罗马德比[①]那天占领奥林匹克体育场，你觉得怎么样？"

安东尼奥先生想说十遍带感叹号的"太棒了"，但还没说到一半，突然听到有人叫他："爷爷！爷爷！"

会是谁呢？走出校门的丹妮拉认出了他。安东尼奥先生已经熟悉了猫的行为习惯，装出一副若无其事的样子。可是，丹妮拉揪着他不放，说："爷爷，坏蛋，你为什么跟猫走了？这些天，我到处找你……马上跟我回家。"

"好漂亮的小姑娘啊。"教师猫说，"上几年级了？

[①] 译者注：罗马德比是指罗马的两支足球俱乐部队打比赛。

73

字写得好看吗？指甲清理得干净吗？绝对不会是那种在卫生间门上写'打倒看门人'的孩子吧？"

"她是个很棒的孩子。"安东尼奥先生有点儿感动地说，"我可能要送她一小段路，留心别让她闯红灯。"

"我很理解。"教师猫说，"好吧，我也去看看我妹妹。也许她得了类风湿，自己系不了鞋带了。"

"快，爷爷，过来。"丹妮拉命令道。听到这句话，人们并不感到惊讶，因为他们以为那只猫叫爷爷。没什么好奇怪的：还有猫叫巴托洛梅奥和动名词呢。

安东尼奥先生刚一进家门就跳到他最喜欢的那把扶手椅上，高贵地摇动耳朵表示问候。

"你看见了吗？"丹妮拉开心地说，"他就是爷爷。"

"真的，"尼诺肯定地说，"爷爷也会动耳朵。"

"好了，好了。"他们的父母有点儿困惑，"现在，这个童话的结尾是：吃饭啦。"

他们把最好的食物给了猫爷爷。给他肉、加了糖的牛奶、小饼干、拥抱和亲吻。他们想听他怎么打呼噜。

他们抬起他的小爪子，挠他的头，把一个绣花枕头垫在他的身子底下，给他准备用锯末铺成的厕所。

吃完午饭，爷爷来到阳台上。马路对面的另一个阳台上，教师猫正盯着那几只金丝雀。

"怎么样？"他问她。

"一切顺利。"她说，"我妹妹对我比对女教皇都好。"

"你让她认出来了？"

"我又不傻！要是她知道是我，能把我送到疯人院去。她把我们可怜的妈妈的毯子给我了，以前一眼都不让我看。"

"我不知道该怎么办，"安东尼奥先生说，"丹妮拉希望我回去做爷爷。他们都非常爱我。"

"愚蠢！发现了美洲大陆，却随手扔掉！你会后悔的！"

"不知道。"他重复道，"我可能会抛硬币决定。好想抽半根托斯卡纳雪茄啊……"

"可是，你怎么从猫变回爷爷呢？"

"很简单。"安东尼奥先生说。

他真的走向阿根廷广场，从与第一次相反的方向跨过那道栅栏，他不再是一只猫了，再次成为一位抽雪茄的老先生。他返回家，心情有点儿焦急。丹妮拉见到他，高兴得跳了起来。另一个阳台上的教师猫睁开一只眼睛表示祝贺，但嘴里还是嘟囔着："愚蠢。"

她妹妹也在那个阳台上，她一边用温柔的眼神看着那只猫，一边想："不能对它产生太多的感情依赖，万一它死了，我会难过，心慌。"

古罗马遗迹的猫醒来抓老鼠的时间到了。阿根廷广场的猫聚在一起等"猫妈妈"们给他们送来充满温情的食物。圣卡米洛医院的猫在花坛和小路上排成队，一只猫在窗下，盼着晚饭不好吃，病人背着修女把晚饭扔下来。曾经是人的流浪猫们记得他们曾经开挂车，开动车床，打字；曾经是帅小伙，有心爱的人。

卖星星的人

MAI
XING
XING
DE
REN

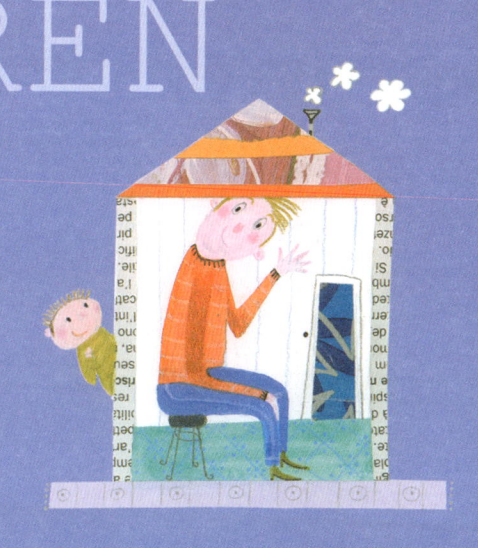

［意］苏菲·法特斯
赵文伟／译
弗朗西斯科·齐托／绘

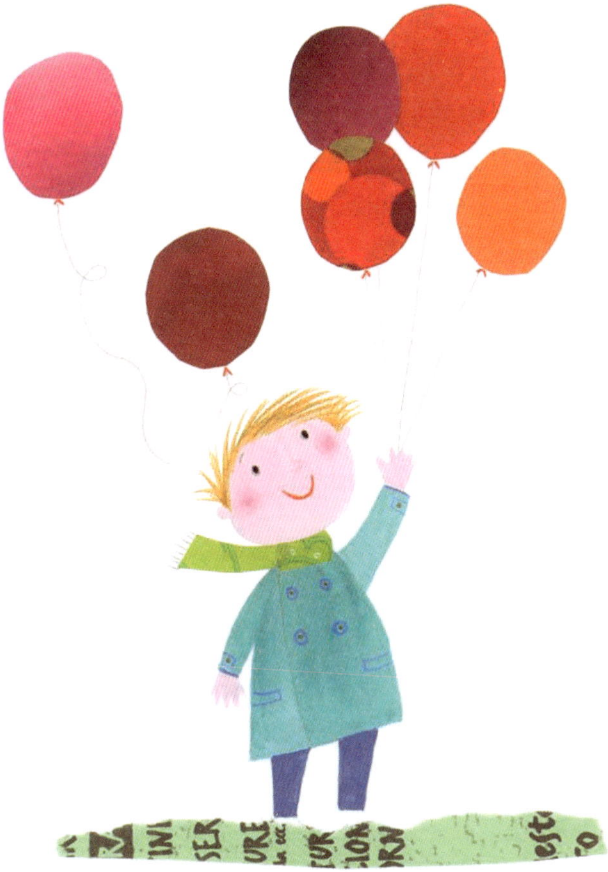

洋 铁 匠

给洋铁匠的童谣：
小锅里闪着银光，
为疯狂爱厨房的人
准备了各种药方。
他是平底锅医生，
让它们闪烁如星光。
他是圆底锅教授，
让它们像发光的太阳。
他的私人医院就在
人行道的石板上。

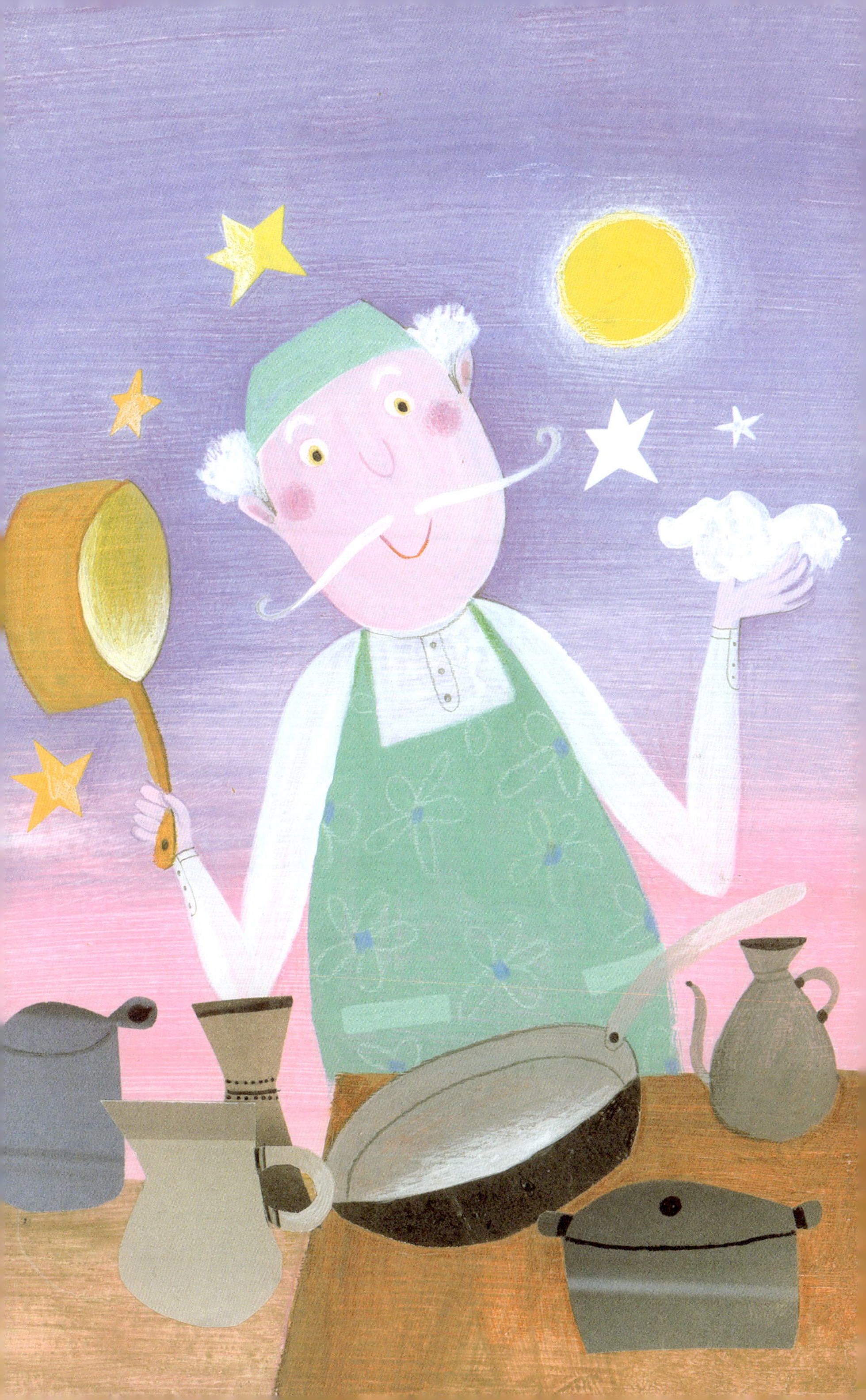

城市电车

城里没有公鸡打鸣,
是第一班电车把你从床上叫醒。
工人们身穿天蓝色的工作服,
乘第一班电车去工厂。
第二班电车上是公务员,
去办公室的路上读报纸。

第三班电车上乱糟糟:
没复习功课的学生们,
在车站与车站之间
急急忙忙地抱佛脚。

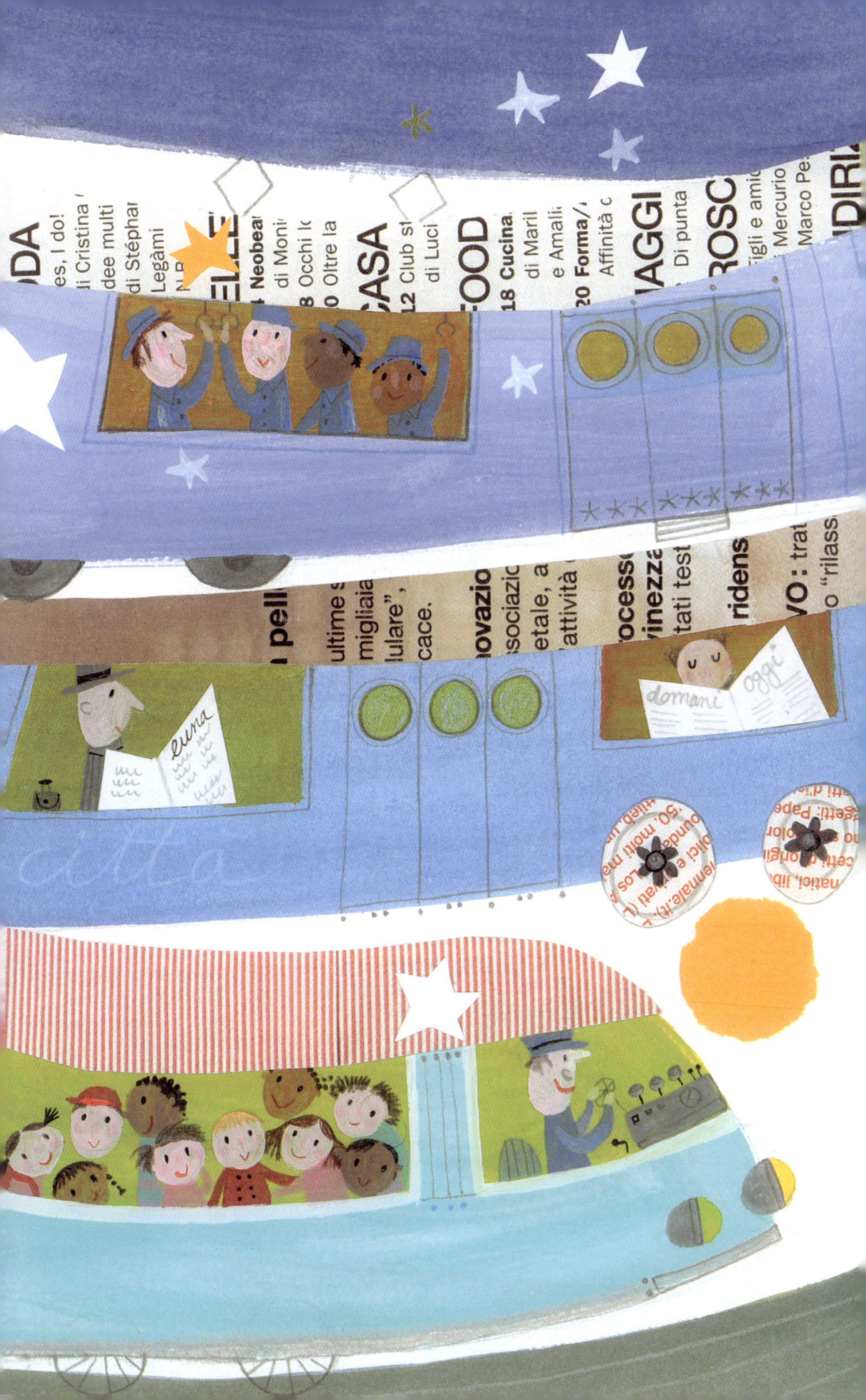
luna
domani
oggi

消 防 员

对于那些不知道的人来说,
消防员是一流的驯兽师傅。
大火像小老虎一般凶猛,
我却立刻就能将它制伏。
只要把水枪端在手上,
就能让火丧失全部的欲望:
就像吹灭一根火柴的火苗,
就像吹熄一支燃烧的蜡烛。

但令我担心的是
可怕的大火一场,
消防员的斧子也
派不上多大用场:
只需短短的一秒钟,
战火就能烧遍全球,
从北极到南极,
统统变成战场。
你们知道怎么做吗?
我们要共同扑灭战火。
多么壮观的场面啊:
所有人都是消防员!

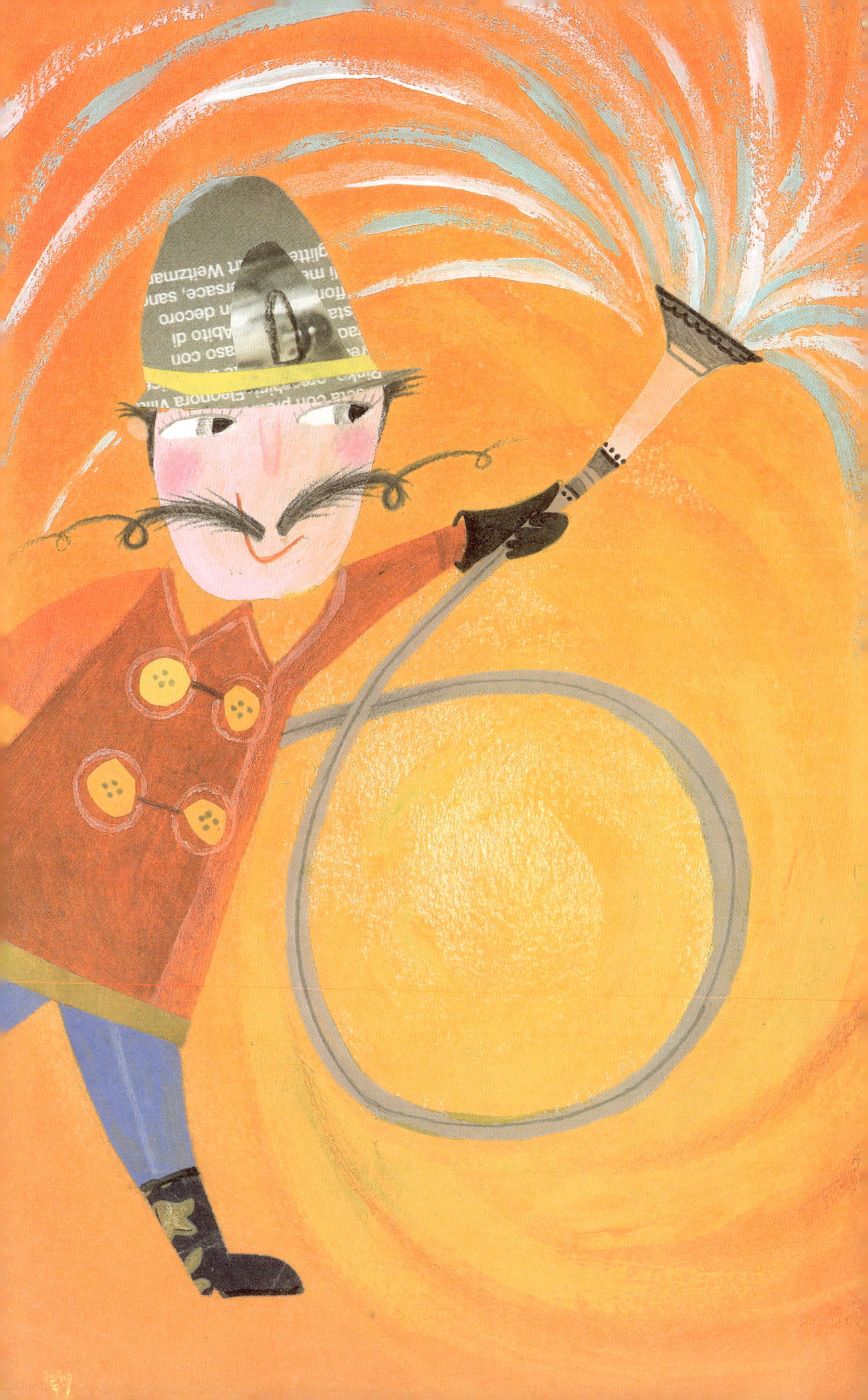

老泥瓦匠

我拿着泥刀和铅垂线
转了半个地球,
我用我的双手建造了
一百座十层高的大楼:
我看到它们在这里排成行,
勾勒出一座大城市的模样。
但我和我的老伴儿呀,
只有这么一间破屋。
家里的墙是木头的,
还有没玻璃的窗户,
屋顶是茅草和白铁的,
只要赶上下雨天,
雨水就会漏一屋。
不知道为什么我要被
我所建造的城市驱逐。
我曾为天下人劳动,
天下人何曾为我服务?

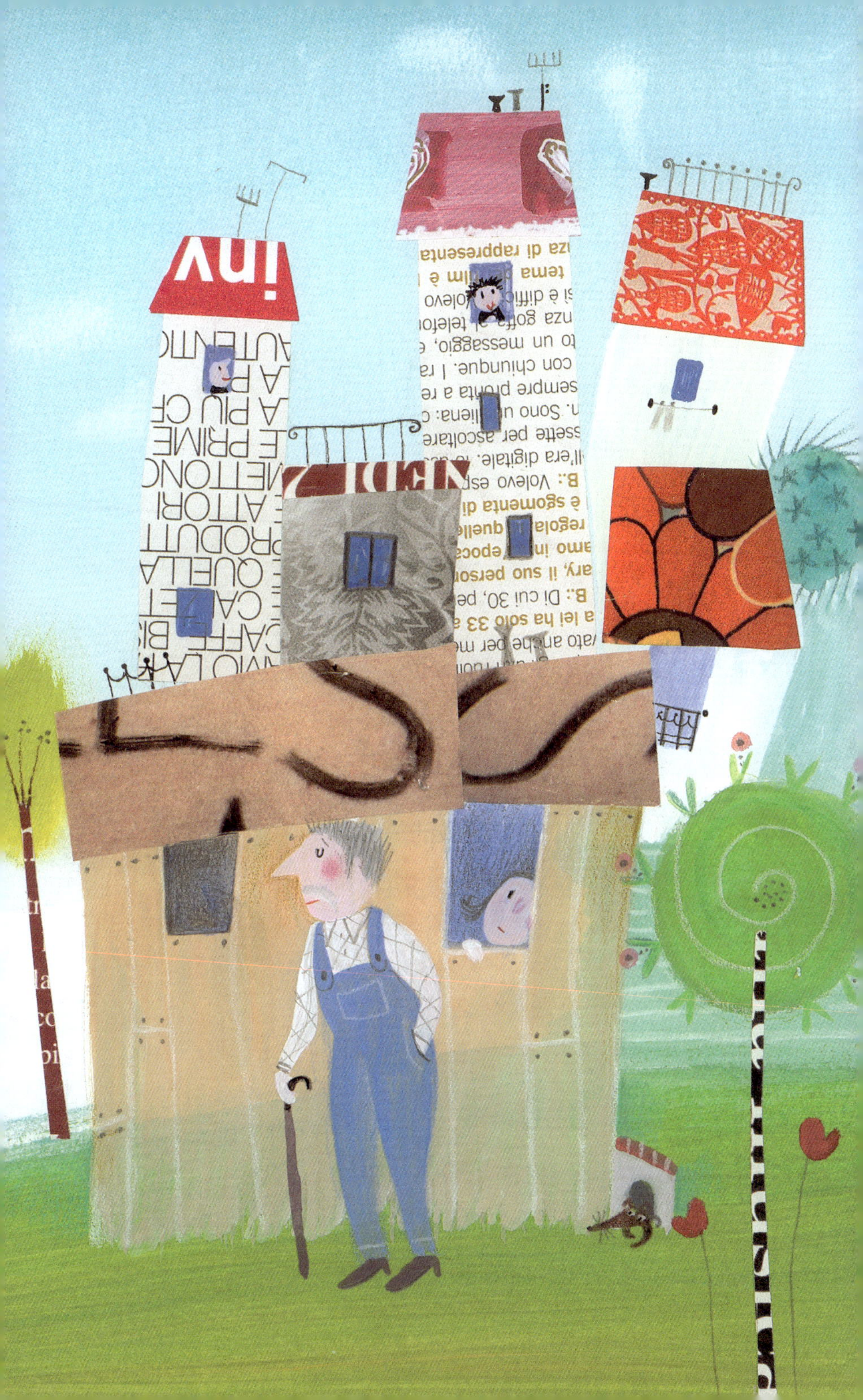

小 女 仆

写给小女仆的童谣:
女主人的脾气太古怪了……

看什么都不舒服:
"门不发光,
地板太脏,
金器银器黑乎乎,
杯子湿漉漉,
家具上全是尘土,
窗玻璃不干净,
叉子生锈了,
衬衫熨得不平,
袜子没有晾干,
深底碟子碎了,
圆形蛋糕中间没有孔,
米饭是生的,蛋糕烤煳了……"

小女仆很绝望。

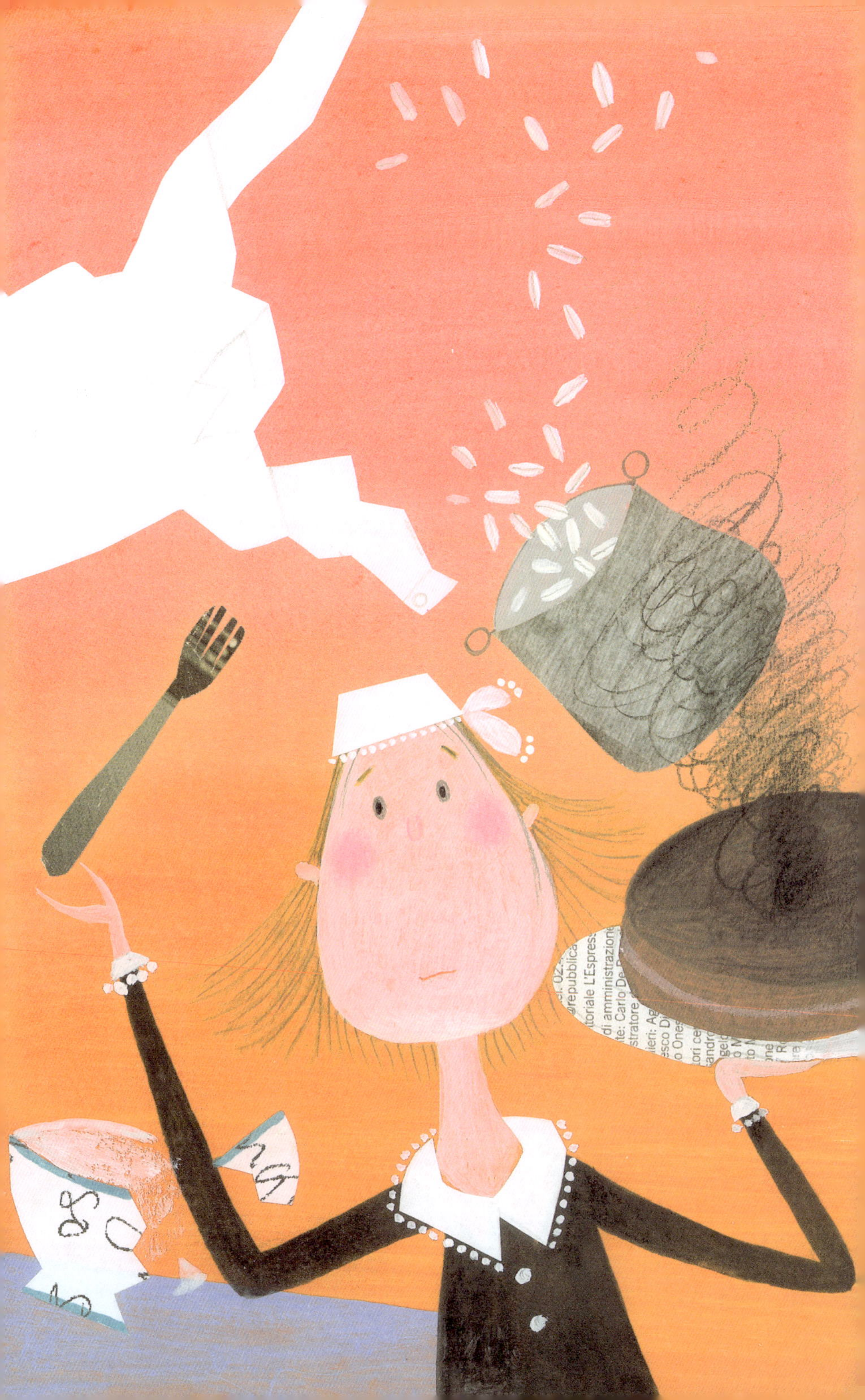

看门人

看门人,你在门口做什么?
"我数来来往往的人。
手里拿着一把笤帚,
赶跑街上的猫猫狗狗。
日日夜夜,时时刻刻,
都在守卫这座大楼,
倘若有人威胁它的安宁,
我就当着他的面摔上门。"

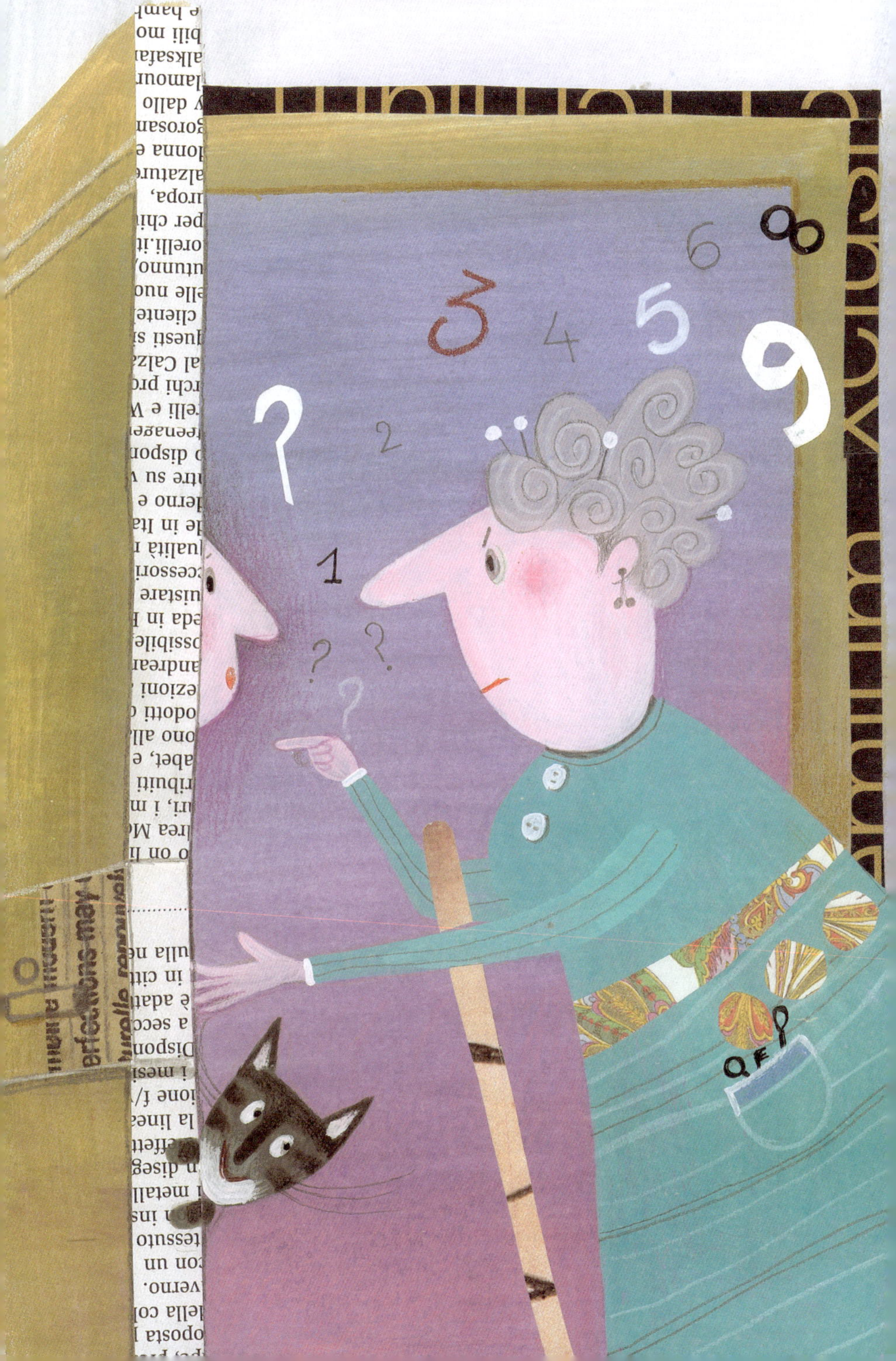

穷 人 的 树

童谣献给圣诞：
雪，白得像盐，
冰冷的雪，黑色的夜晚，
但在孩子们的眼里是春天：
对他们而言，
床脚的小树绽开花的笑颜。
今天的礼物树上
结出多么好吃的果，
开出多么奇异的花；
锡的火车，金的娃娃，
小熊的毛像棉花。
最上边，最高的那根枝上，
跳了一下的是匹马。
差一点儿就摸到了……不，原来是个梦，
好了，现在，我醒了。
没有开花的小树，
在我的家里，我的床边，
只有玻璃上的霜花
隐藏了那片天。
穷人的树在窗子上开花，
我用一根手指把它来擦。

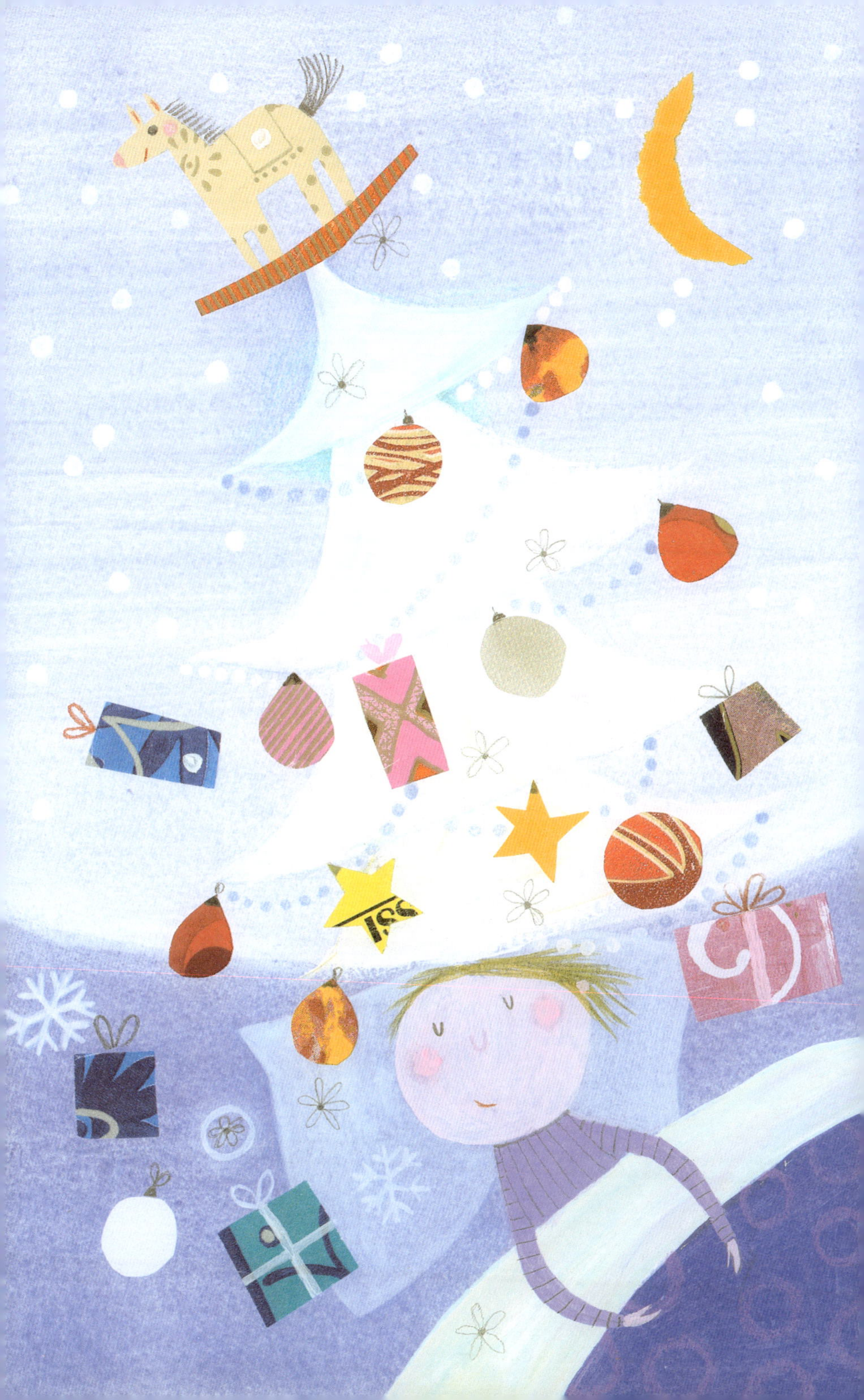

小 雪 人

你们看，
小雪人，
没有鼻子，
只有一只耳朵：
晴朗的日子
就变老！
谁偷走了他的一只脚？
原来是猫，
这个无礼的家伙。
为了一粒麦子，
一只母鸡
啄了他的一只手。
最后，为了举行聚会，
孩子们
割掉了他的头。

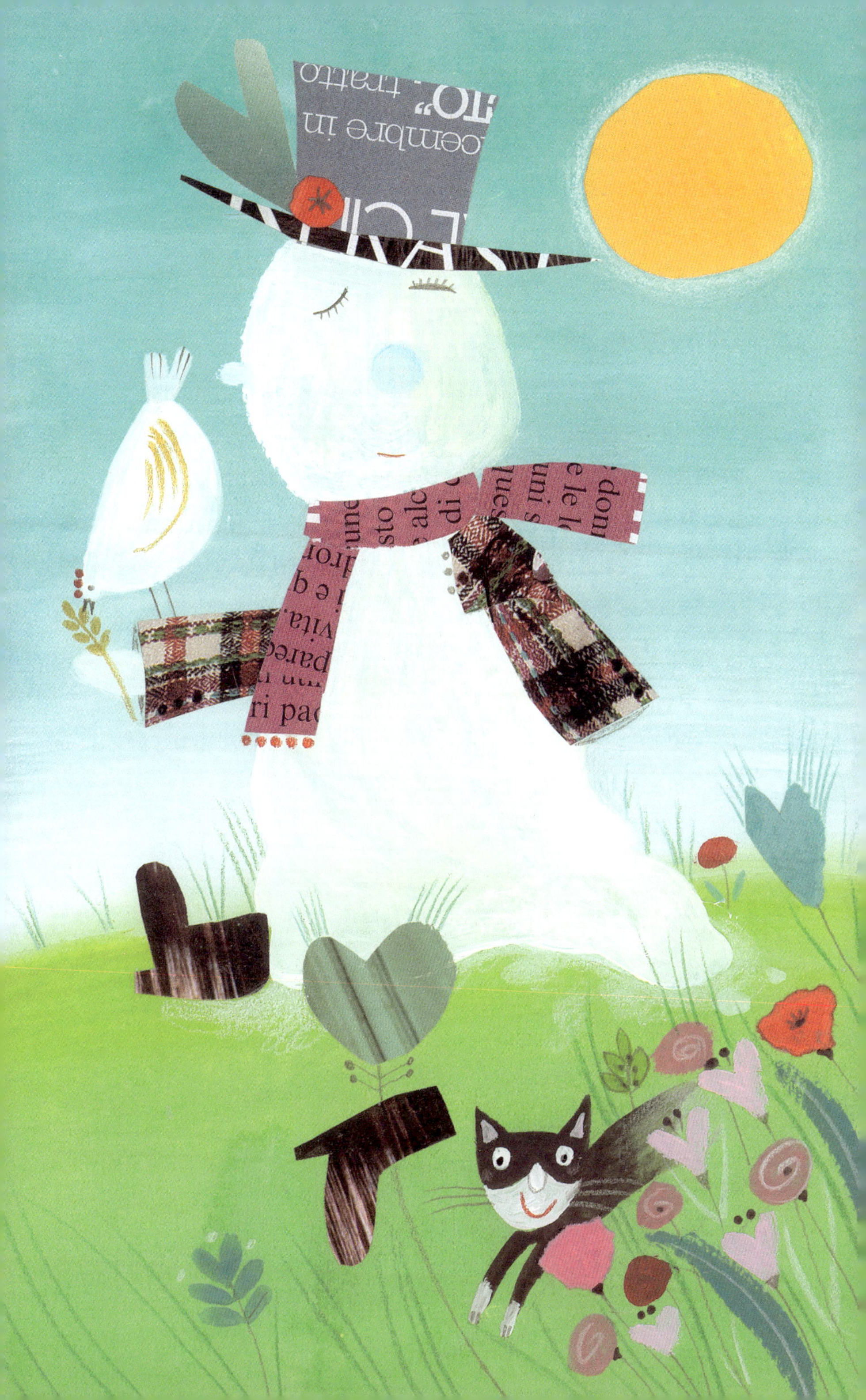

狂 欢 节[①]

狂欢节的童谣:
面具盖住嘴巴,
面具蒙住眼睛,
膝盖上打着补丁,
小丑哈乐昆的百衲衣那种补丁,
纸做的衣服,可怜的东西。

普钦内拉白白胖胖,
皮埃罗会翻跟头。
潘塔罗内对科伦皮娜说:
"你愿意嫁给我吗?"

吉安杜佳舔着巧克力,
一口也不给梅内基诺,
乔皮诺举着棍子
猛揍斯坦特莱罗。

幸好有巴兰佐内医生
为他认真包扎伤口,
还安慰他:"这是狂欢节,
可以开任何玩笑。"

[①] 这首诗中提到的小丑哈乐昆、普钦内拉……巴兰佐内等名字,指的是意大利喜剧中戴着面具的角色。

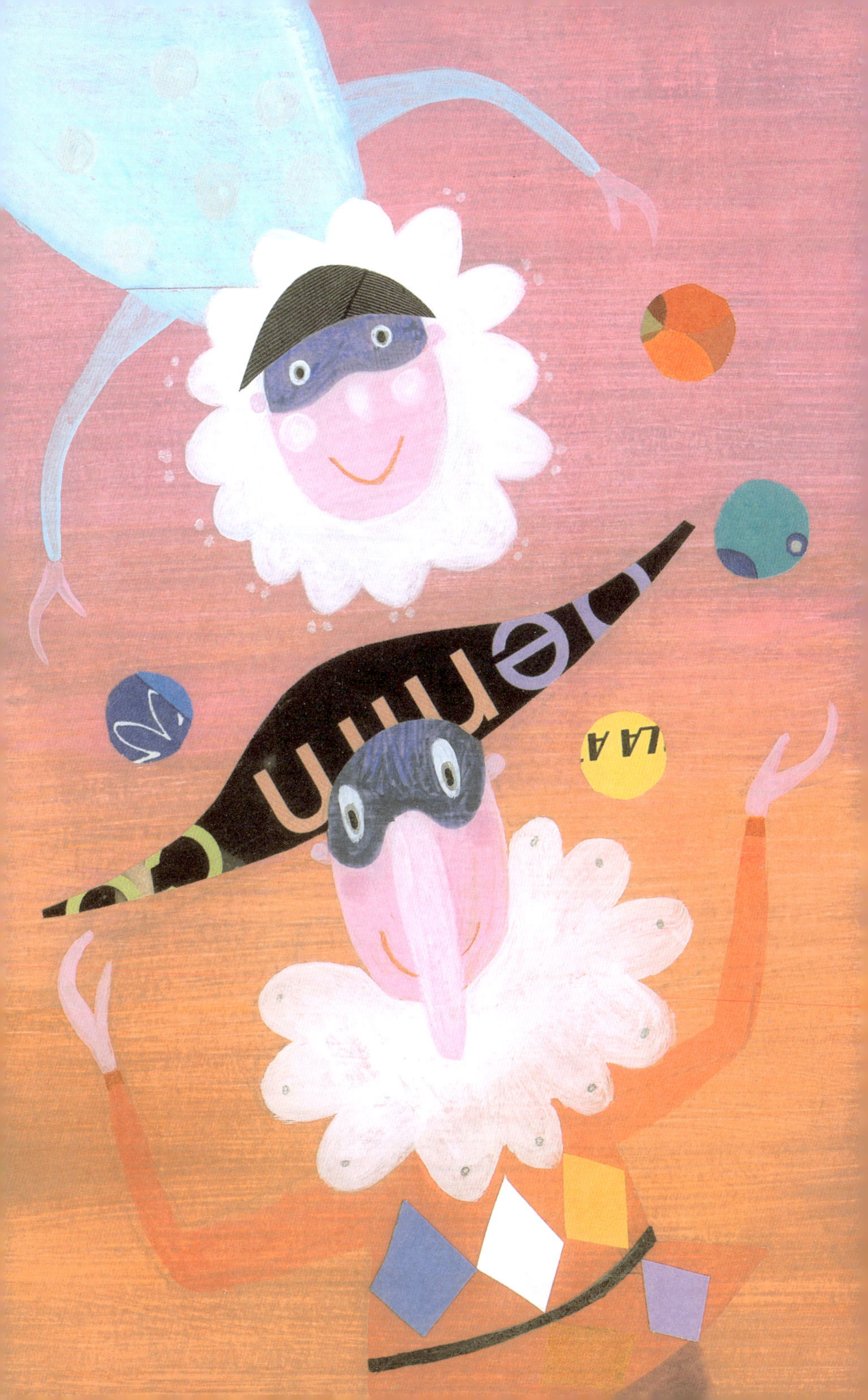

苏 珊 娜

献给苏珊娜的童谣：
她喜欢在牛奶里加奶油，
她喜欢在咖啡里加糖，
她跟我一模一样。
她喜欢骑自行车：
骑得慢时，骑得不快；
骑得快时像只猫。
她不缺辫子，
她的辫子，
这边一条，那边一条。
聚会时，她总是用两根带子
将辫子绑在头上。
两根发带，一根红色，一根蓝色。
谁是苏珊娜？是你，就是你！

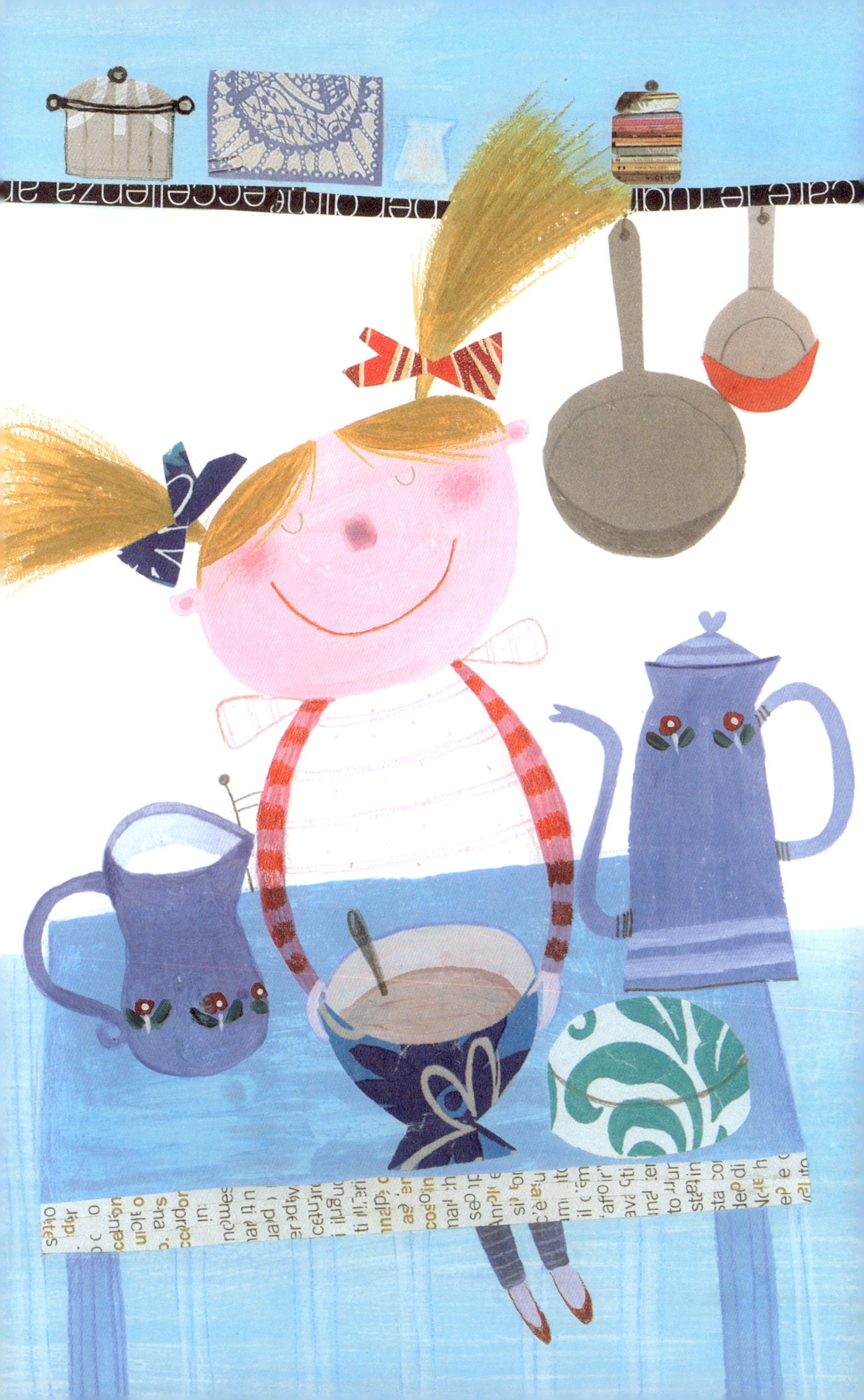

六　月

六月的童谣：
农夫手里拿着镰刀，
割草和麦子的时候，
一场暴风雨远远地向这边瞄。
坐在课桌前的小学生们，
沉默不语静悄悄：
老师打开成绩单，
往格子里填分数……
"老师，请不要
在我的成绩单上写四分。
不要写五分，
不然，我就得不到自行车了。
您如果让我及格，我保证
让您骑我的车转上几圈。"

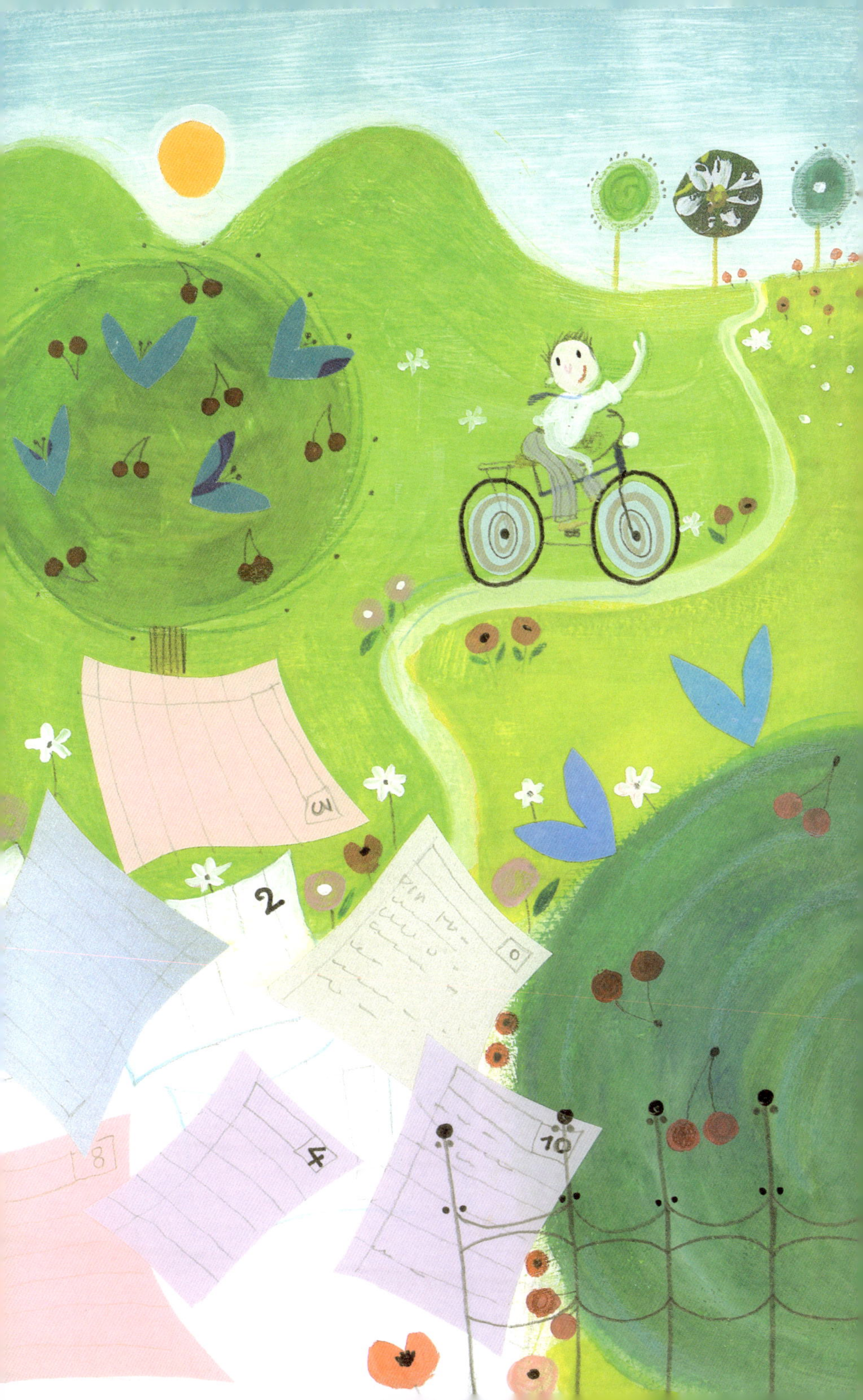

秋　天

干草收割了，
猎人开枪了，
秋天来到了。
蟋蟀把自己关进
草地中央的坟墓里。

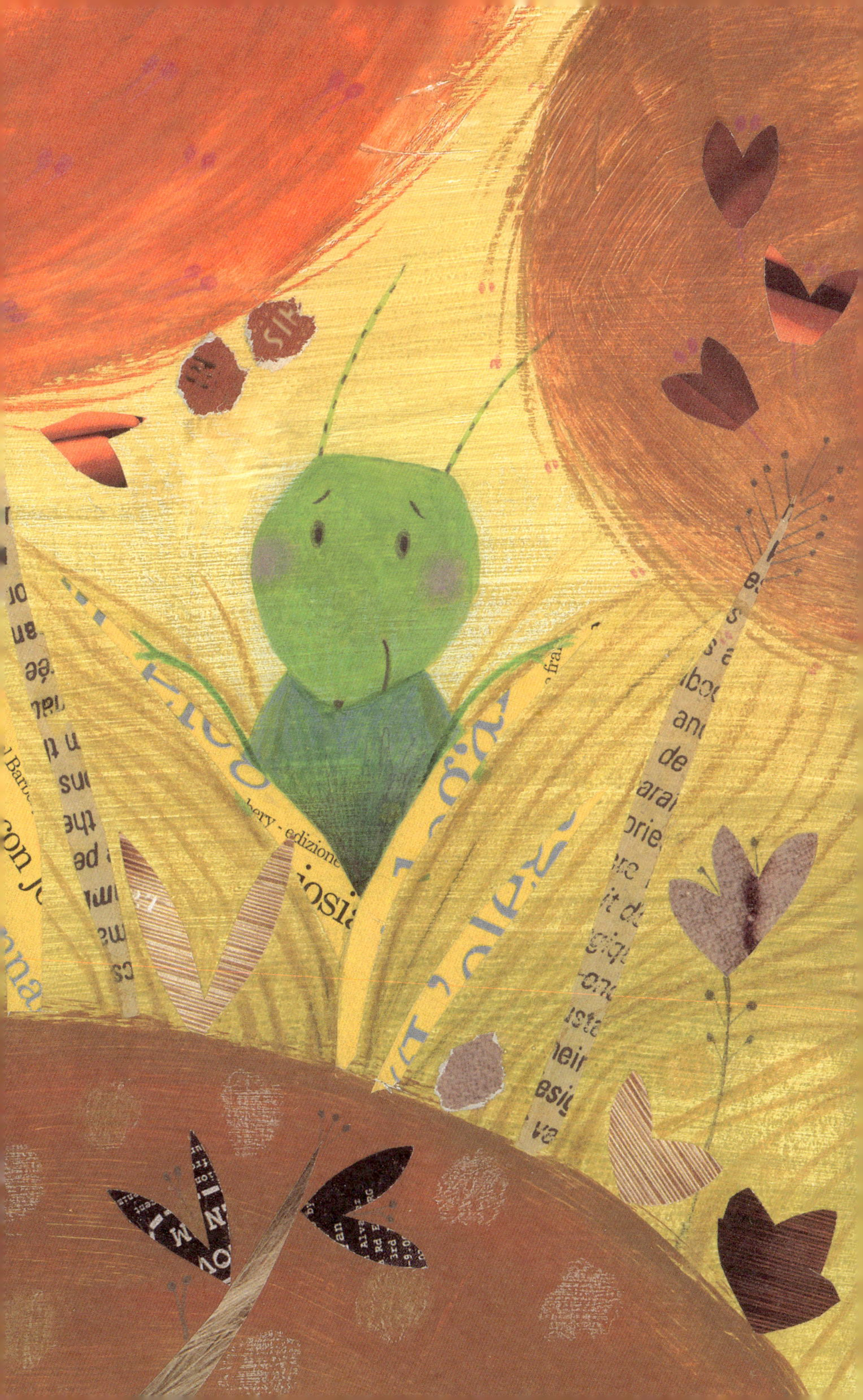

校　工

九月的童谣：
秋天悄悄来临。
秋天在空中飞，
飞到学校门前。
门口站着一位校工，
嘴里含着一个哨子，
反复吹着一个调子。
随后他黑着一张脸，
把钥匙插进锁眼。
当当当，他把钟来敲……
孩子，准备好书包！

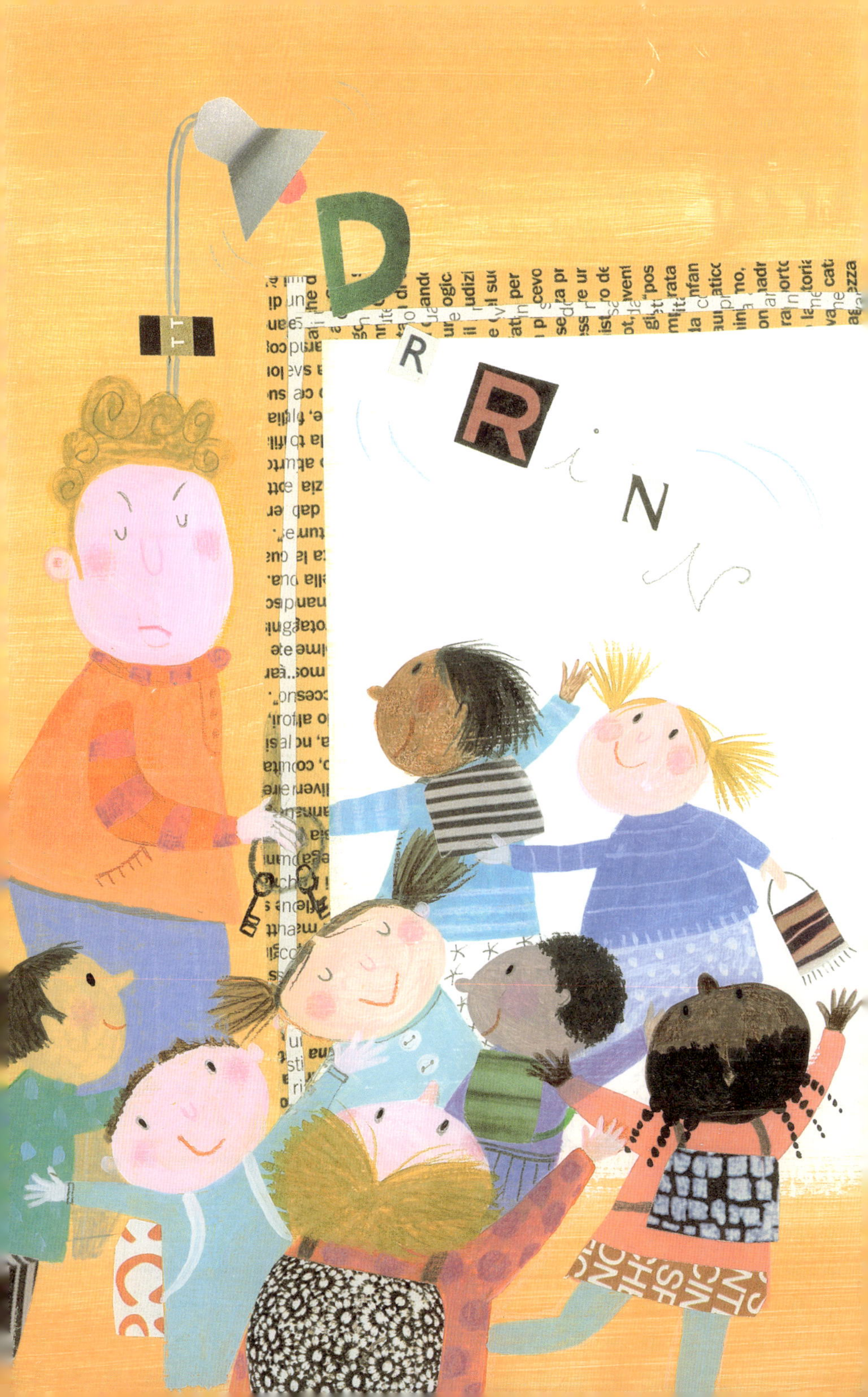
DRRiNN

广场上的音乐

广场上演奏音乐,
乐队有一个指挥,
手里拿着一根指挥棒,
可是,有一只小号很任性……
你们知道他发出什么声音吗?
不是"呗呗",而是"啪啪"。

长号发牢骚:
"都被他搅乱了!"
单簧管吓坏了,
小鸟般啾啾叫。
指挥大吼大叫,
每个人想怎么吹就怎么吹。

一片喧闹声中,只有铙钹
开心得像个疯子,
在最漂亮的手鼓的
小肚皮上炸响。

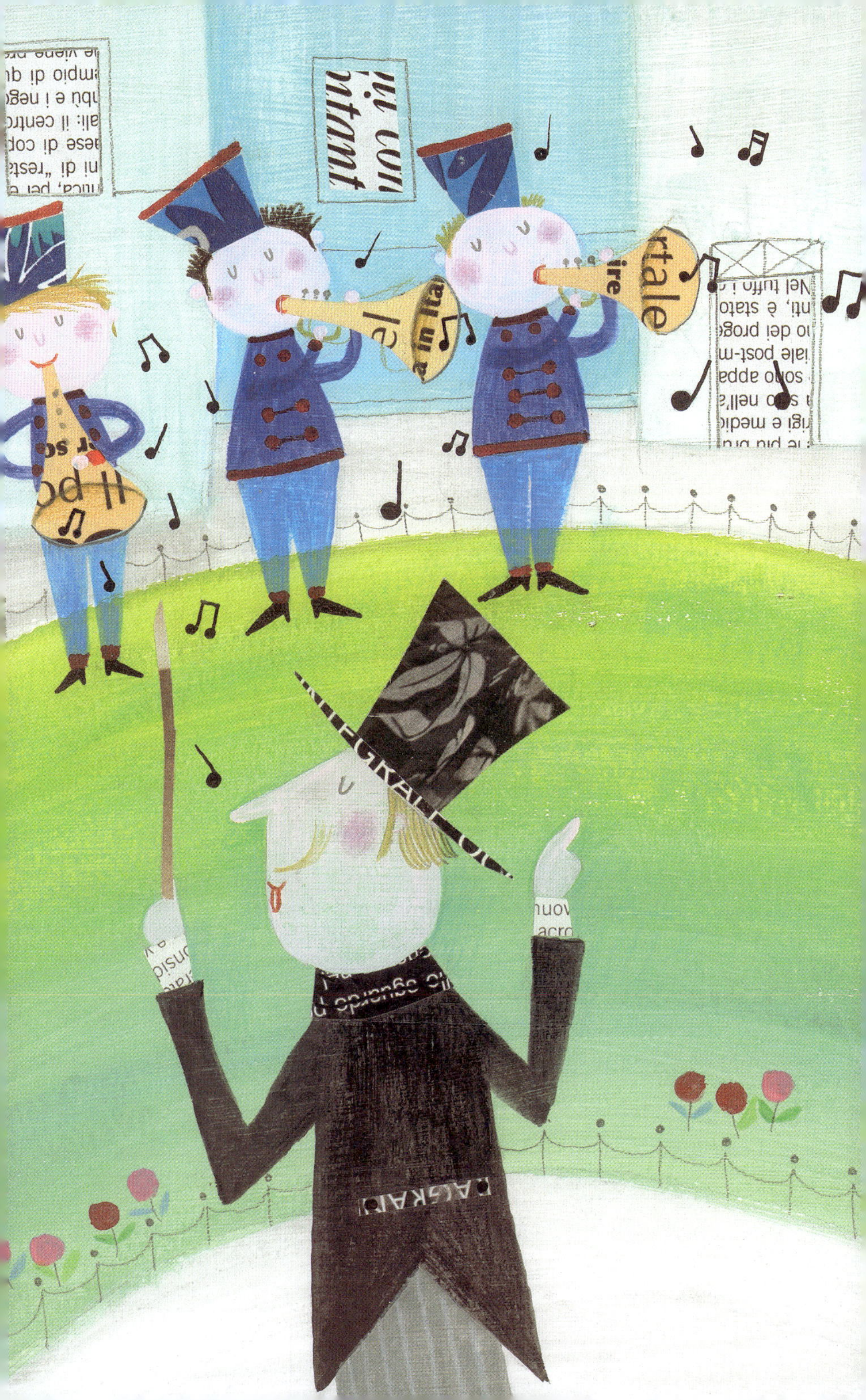

雨　伞

童谣献给下雨天：
待在家里的人不动窝，
我待在家里就会伤感，
出门去，随身带着屋顶……

黑布做的小屋顶，
有许多伞骨支撑。
哦，多么可爱的景象，
看见一个带把儿的屋顶！
我就这样潇洒地走，
在雨伞下吹着口哨。

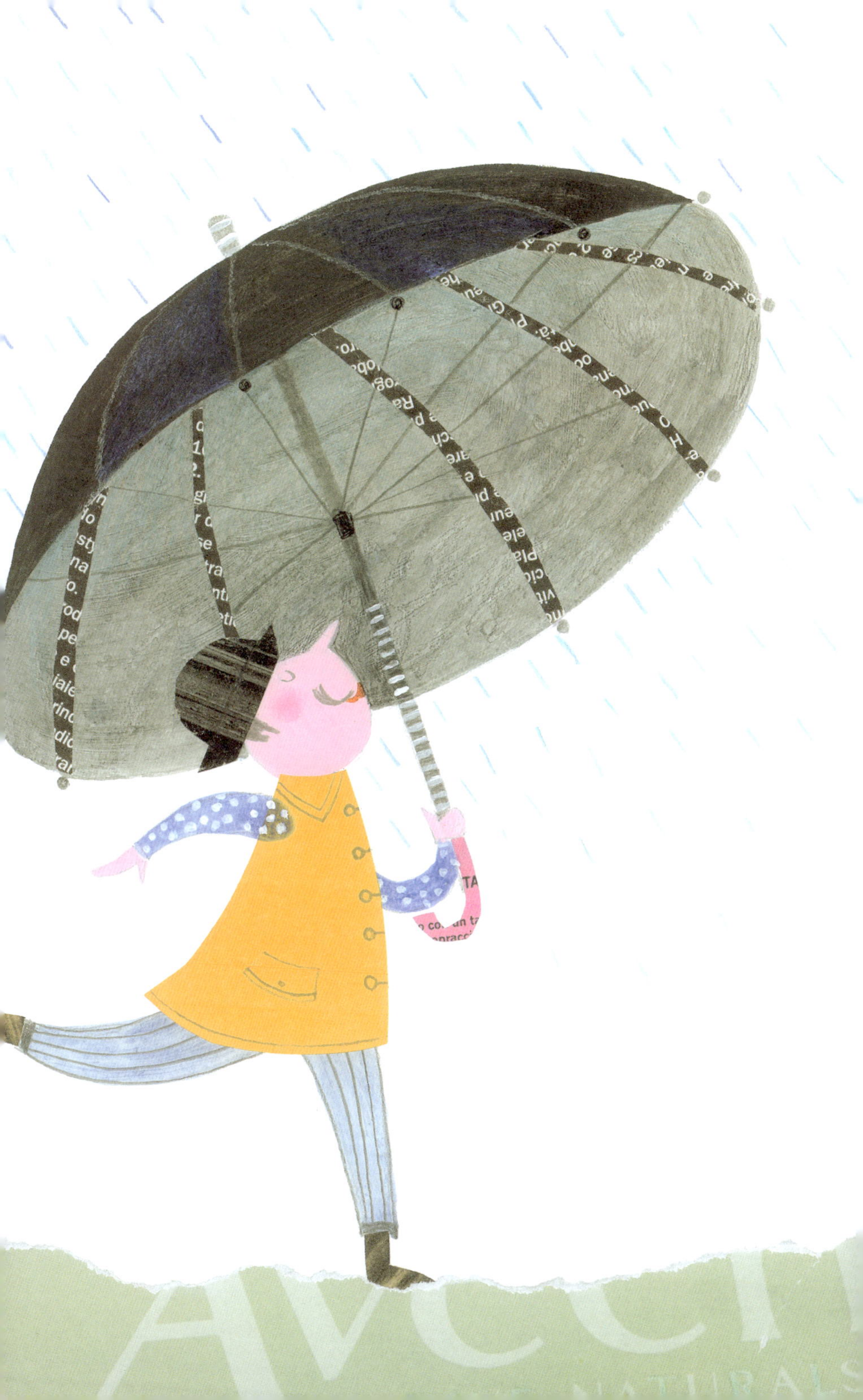

美丽的船

"美丽的船,你出海干什么?
你能带多少东西?"

"我能带一千个人,
一百麻袋煤炭,
三条救生艇,一条小舢板,
还有一个船长,大腹便便。

眨眼之间,
我从中国来到波多黎各,
暴风雨和台风
就像在胳肢我的船舵……

但是灾难到来的那一天,
如果有炸弹和大炮攻击我,
你知道我会怎么报复吗?
我会沉没!"

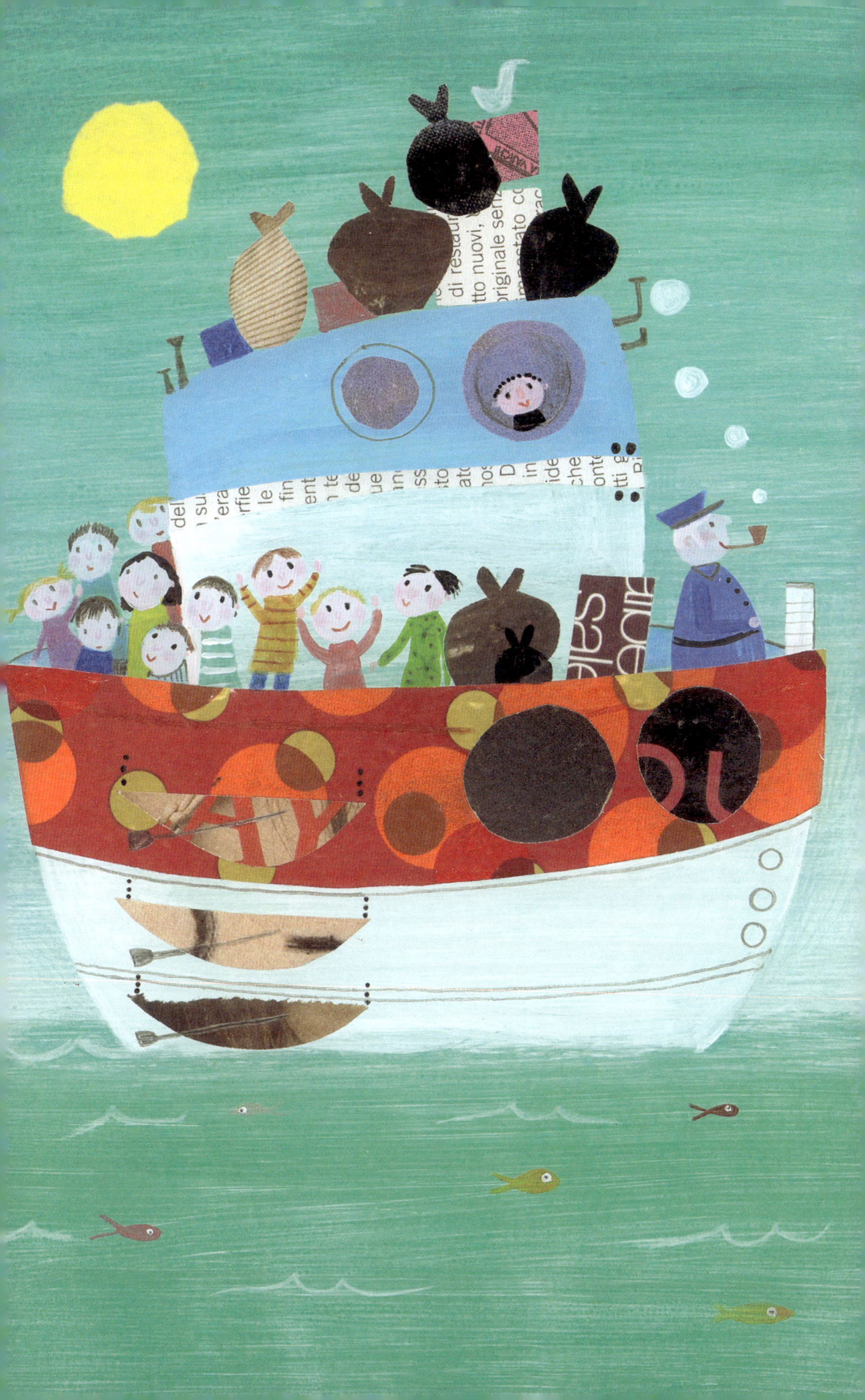

贪睡的人

星期一睡醒，
星期二打哈欠，
星期三伸懒腰，
星期四躺下去，
星期五休息，
星期六睡着，
星期日打呼噜。

venerdi
giovedi
lunedi
SABATO
martedi
mercoledi
domenica

空中的城堡

孤独的童谣:
我想建一座空中的城堡:
比云还高,比风还高,
一座黄金和白银的城堡。
我想顺着梯子爬上去,
做梦,却不用睡觉,
在牌子上印上一行字:
"丑陋的东西不得入内……"

哦,孤独的童谣,
待在天上会很好:
可是这样的一块牌子,
我们也放在这里,好不好?

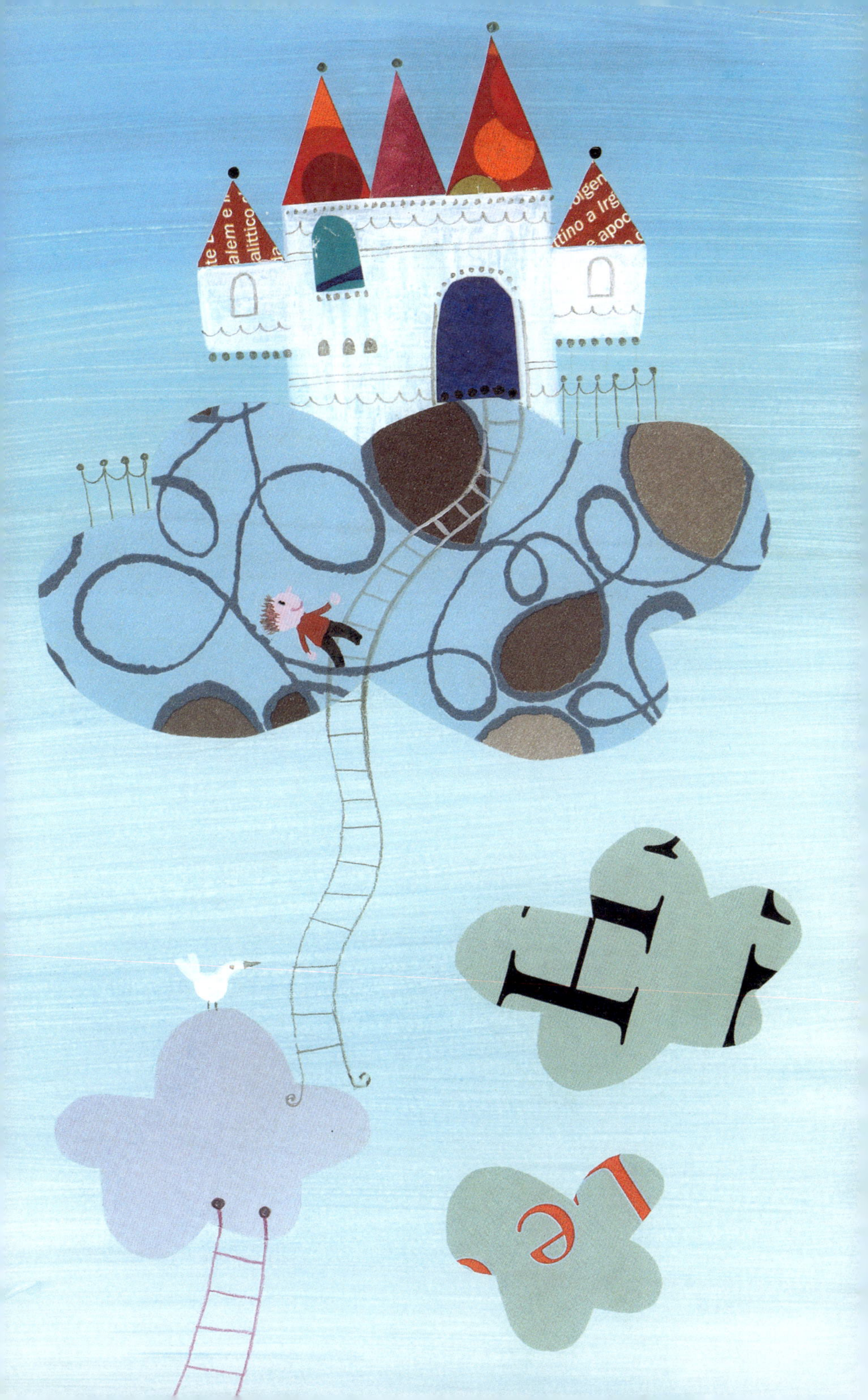

铁路员工的童谣

铁路员工的童谣:
这个职业最美丽。
成天待在火车里,
周游意大利。

我不否认这是个好职业,
溜达来,溜达去,
但夜里我给车票打孔时,
你却躺在床上休息。

铁路员工,多好的工作,
帽子上两条金色横杠,
报城镇和车站的名字,
就像亲切地呼朋唤友。

但如果孩子喊"爸爸",
我却总在另一个城市。

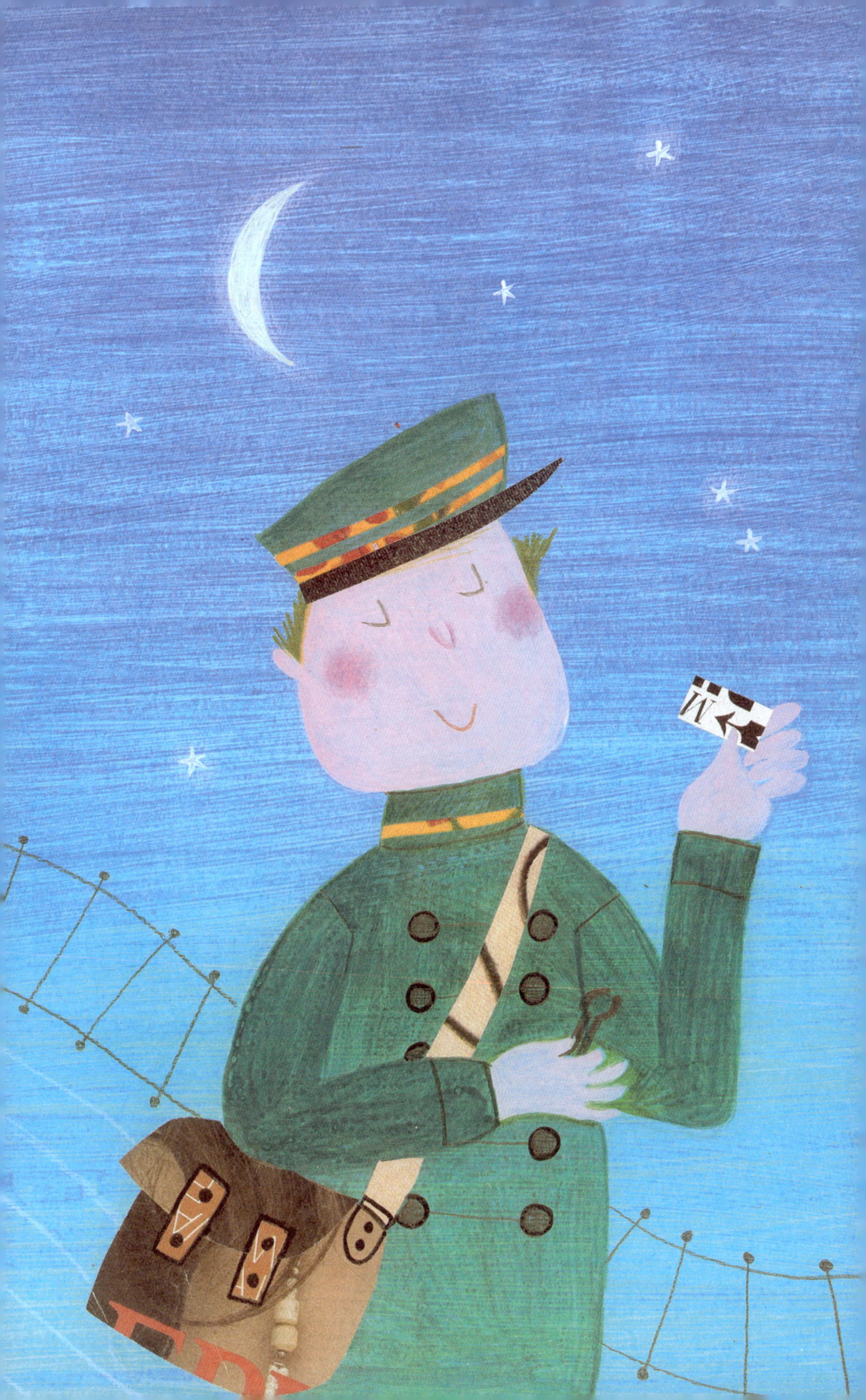

报　　童

我是报童，
我卖报纸，
每日每天，
周而复始。
叫卖新闻，
经销报刊，
卖不出去，
有大麻烦。
你们不知，
何为叫卖，
大声呼喊，
为了赚钱。
有的时候，
高声叫喊，
喊的只是：
我的命苦。
到了夜晚，
做个噩梦，
我的上帝，
梦到我呀，
哑了嗓子。

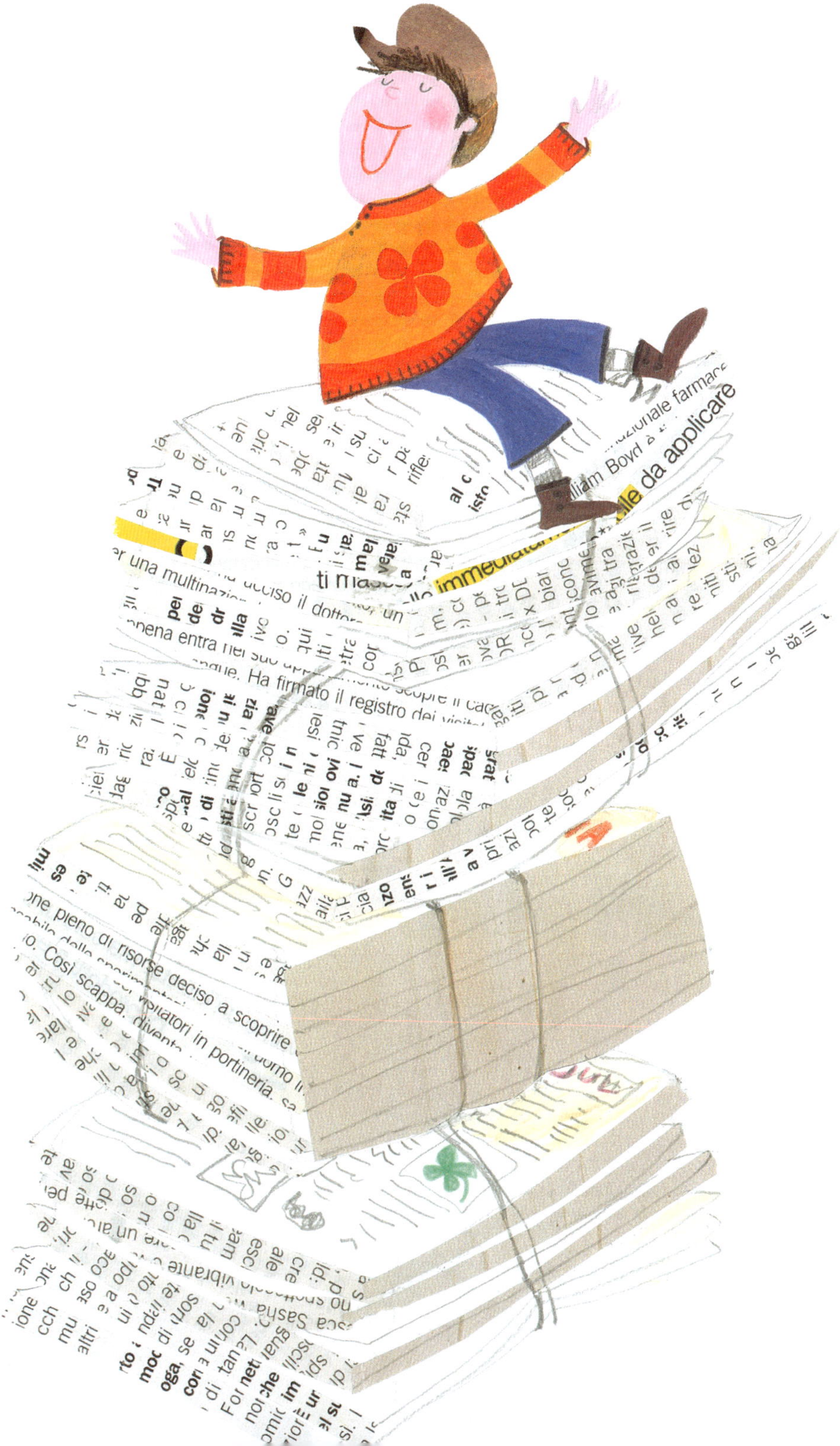

献给所有人的童谣

千真万确的童谣：
早上不是晚上，
中午不是半夜，
生鸡蛋不是熟鸡蛋，
酸涩的果子没有成熟，
不确定的东西没有把握，
你们知道什么有把握吗？
自己动手最好。
自己动手只为一个人，
很多时候不为任何人。
如果你们有很多人，
童谣献给所有人。

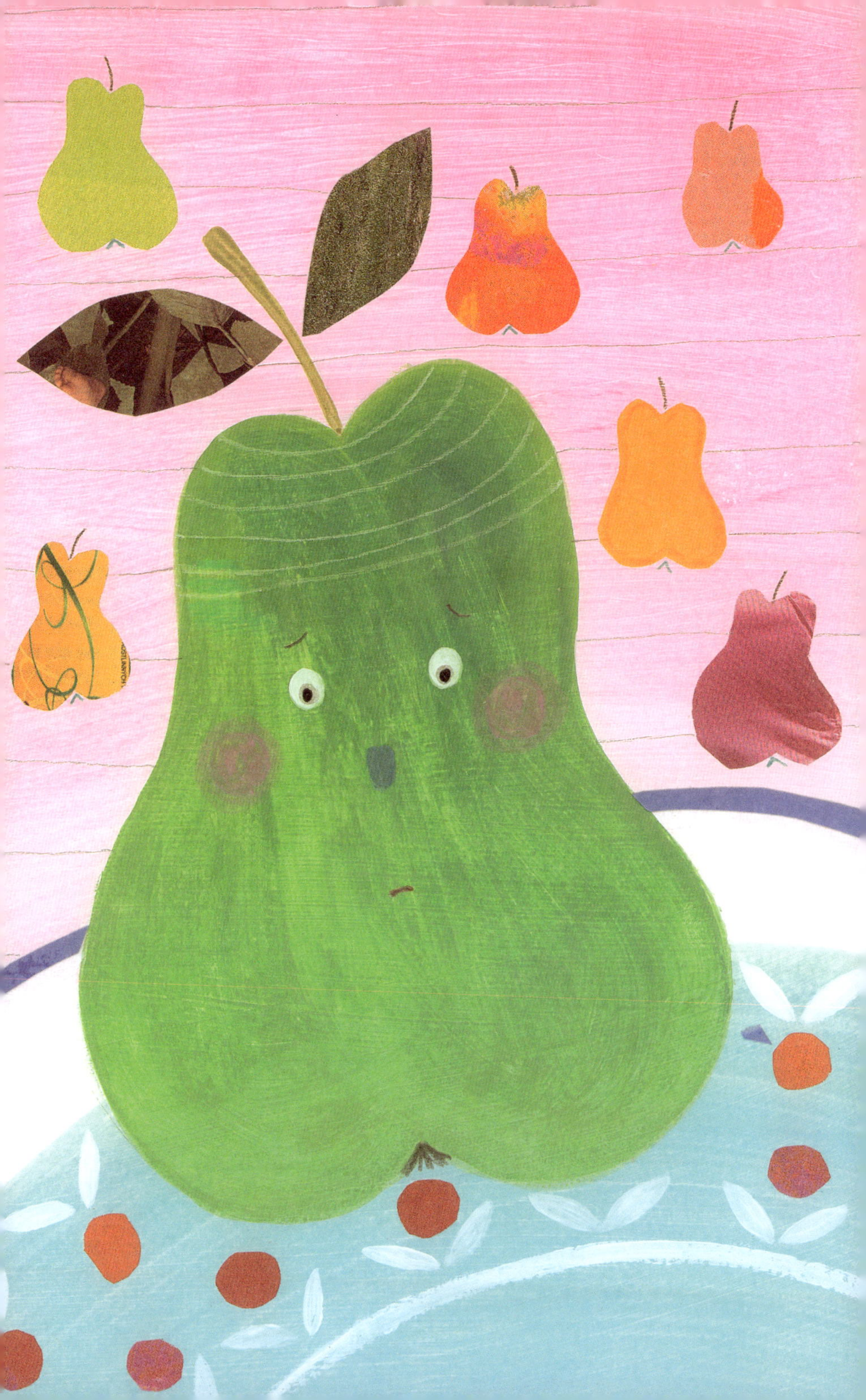

三月的童谣

春天的童谣：
夜晚姗姗而来。

有人见她驻足于
冒出新绿的草地，
紫罗兰的香气
留了她两个小时，
一路上，她在合欢花丛中
耽搁了一些时间，
两个孩子用锡鼓
陶醉了心不在焉的夜晚。

天色不早了，我知道。
可是，夜晚，还是没有来。

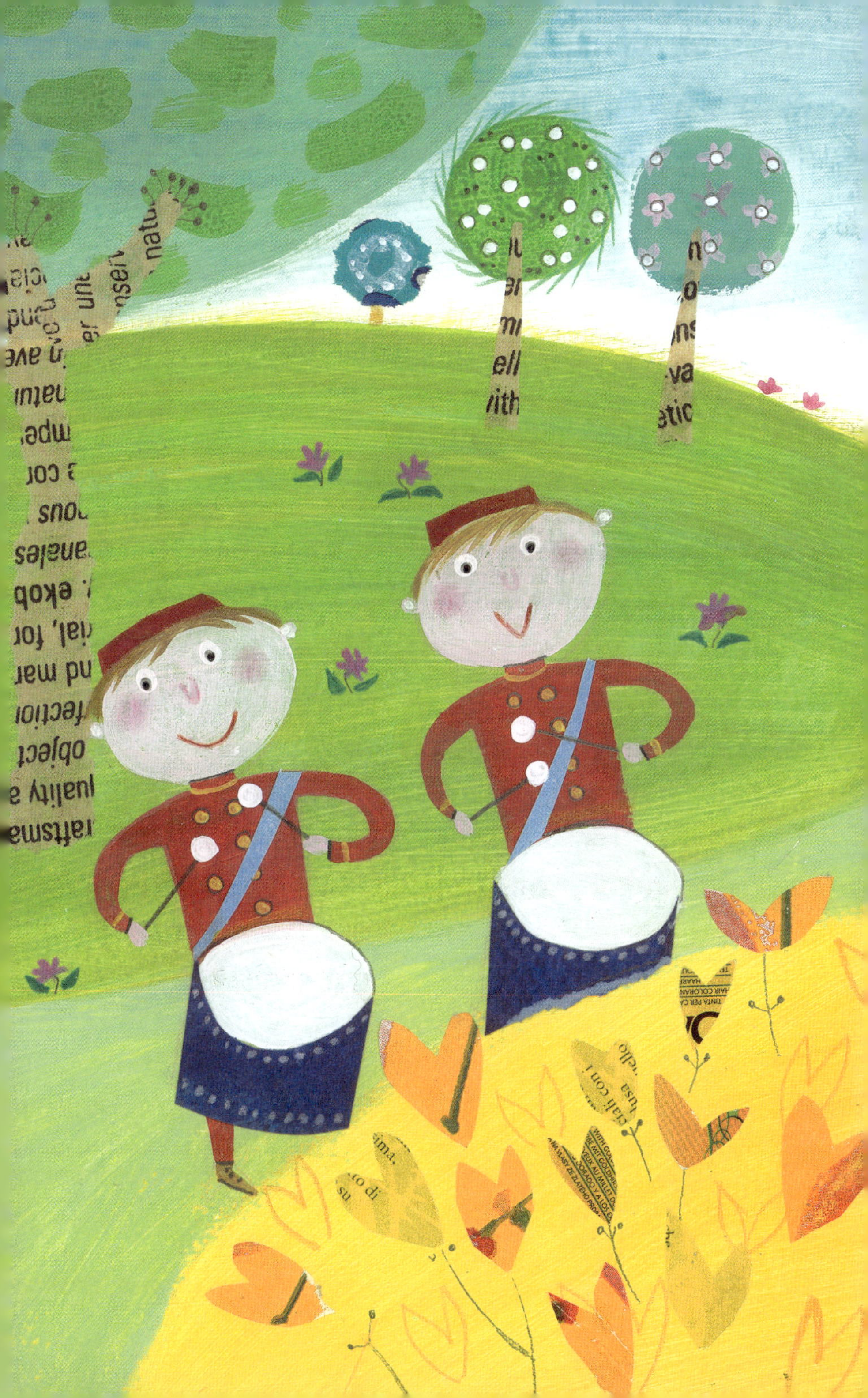

童谣里的书

我的书牢牢地
记载着任何历史:
它们了解印度人、
北美印第安人和非洲人的历史,
海盗的历史,
骑骆驼和单峰驼去沙漠的
贝都因人的历史。

他们知道所有的为什么:
为什么月亮有和没有,
为什么太阳消失
在海底,
为什么下雪,
所有的道路都去了哪里。

我的书上
还有插图,
翻起来,好像所有人
什么都不知道。

一个人在家,我不会抱怨,
我的图书馆是
永远的好伙伴。

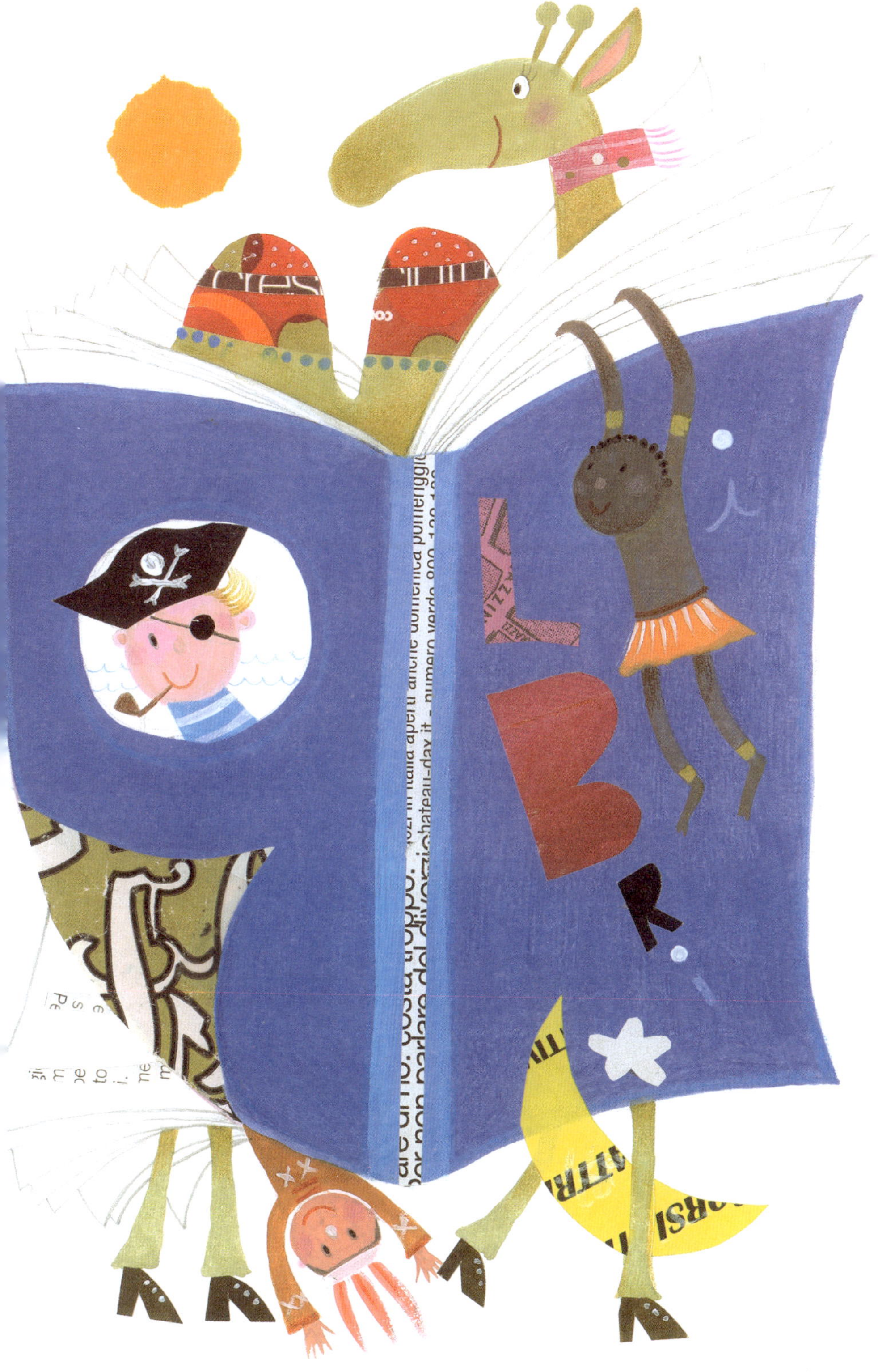

词　　语

词　语

我们有用来出售的词语，
用来购买的词语，
用来制造词语的词语，
但我们需要用来思考的词语。

我们有用来杀戮的词语，
用来催眠的词语，
用来逗乐的词语，
但我们需要用来爱的词语。

我们有用来
写词语的打字机、
口述录音机、磁带录音机、
扩音器、电话机。

我们有用来
制造噪声的词语，
用来说的词语
却没有了。

孩子的话

所有议会的
议长先生们,
请合上你们的章程,
请听我的孩子
说这么一回。

你们要费些力气才能听明白,
他那奇怪的国际语言
想对你们说的
是什么意思:
巴巴,波波,比比……
但曾经,你们
说话也是这个样子。

这很自然:
这是他来到
这个世界的
第一次讲演,
不会像议员们
说得那么文绉绉,
但也非常关键。

注意,他开始说了:

答答……嘀……嘀……嘟……嘟……

说得很清楚，不是吗？
他的意思是：
永远不要战争！

（各个部门响起掌声。）

波……波……比……布拉……先生们，
这句话的意思是：
试着相信一点儿
童话故事。
只要愿意，
就能变成现实。
那些可怜的老太太
手里只有
旧扫把，
你们却有其他的本事。
你们碰一下沙漠，
沙漠就会变成花园，
你们念一句咒语，
城市便会出现，
幸福之门开启在眼前……

（雷鸣般的掌声响起。
这里那里零星有人抗议，
最富有的人
也许以为他说的
是增税……）

妈……妈……妈……妈……

不,他没有叫妈妈,
他用自己的语言说:
"自由万岁!
不需要护照,
自由地旅行,
从边境到边境
的春天万岁,
还有报春花、仙客来、
山谷的百合随行,
越过边境,
像偷渡者那样,
更名改姓。"
世上所有的花都是兄弟。

非常热烈的掌声。

(刺耳的尖叫传进耳朵里,
但这些都是反动的言辞。)

讲演结束了,
现在孩子要和
他的黄毛马
一起游戏。
让他安安静静地玩吧!
你们要让他的话
在每片阳光照耀之地
变成法律。

名　字

现在你会用漂亮的
字体写你的名字，
不要急于
把它写得到处都是，
不要用木炭、砖头把名字
胡写乱涂在楼道的墙上，
林荫大道的树上，井盖上，
那些守护花园、
有大理石胡子和空洞眼神的
文学家和爱国者的半身像上。
自由出入的士兵和学生们
把名字写在加里波第[①]的剑上
和阿妮塔[②]的马上。
你不要这样做。名字
是一种宝贵的钱币：
不要花在无关紧要的小事上，
不要用它来换取黄金和白银，
永远要重视它，
随时准备把它
投在大事上。

[①] 朱塞佩·加里波第（Giuseppe Garibaldi，1807年–1882年），意大利爱国志士及军人。
[②] 阿妮塔·加里波第（Anita Garibaldi，1821年–1849年），朱塞佩·加里波第的巴西妻子和战友。

所有人的童谣

我要将所有人写进童谣,
下一个轮到谁?
磨工、补锅匠、
面包师、扫烟囱的人、
工人、农民、
医生、勤杂工、
清扫道路的扫把、
耸立的起重机、巫婆,
还有对着匹诺曹的小仙女、
眨眼睛的七个小矮人。
好多人啊。让他们排好队,
有十万多人。
我要把他们写进童谣。
下一个轮到谁……

我们去童谣里看望
意大利的孩子,从阿尔卑斯山到海边,
那个呶着泪水
咬着吸管的孩子,
那个睡在旧沙发上
拿大衣当被子盖的孩子,
那个挨饿的孩子,那个受苦的孩子,

那个没有晚饭吃的孩子……
我们会在童谣里对他们说:
"我们会把全世界献给你们!
我们会把城市,一百层高的大楼,
高山、大海和幸福放在你们手里,
你们看,全是你们的!
都拿去吧,生活多么美丽!"

童谣,你也一样美丽。

人 与 物

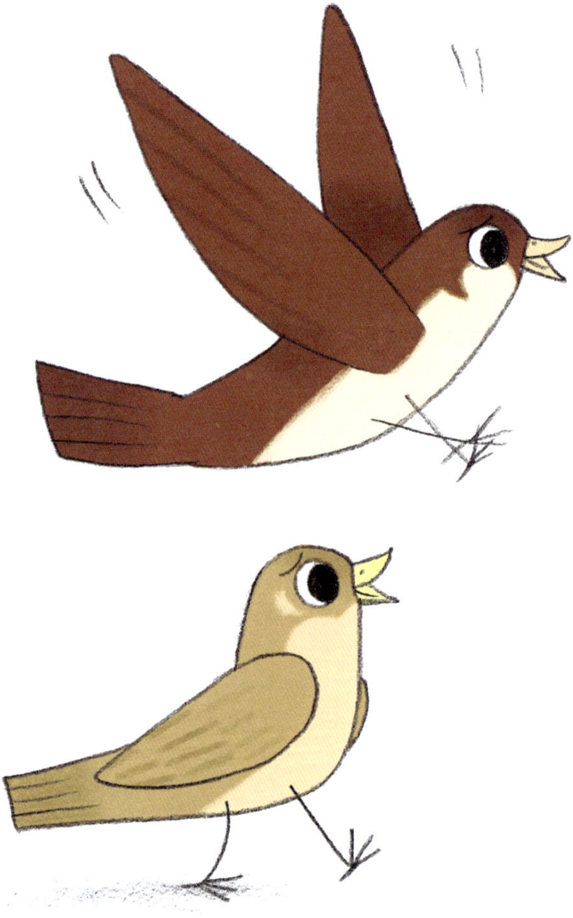

人 是 谁

一群麻雀
奋力将翅膀拍打,
他们吓坏了,
从田野飞回了家。

现在正跟爷爷讲
他们的遭遇有多么可怕:
"有一个人!
可把我们吓坏啦。

太可惜了,那些谷粒,
昨天才埋起来的。
可是那个人……啊,爷爷,
如果你在,也会吓跑的。

大大的、壮壮的,
头上戴了顶破帽子,
肯定在那里
想把我们杀死……"

"他做了什么?"
"什么也没做。
他该做什么?

张着胳膊,
看上去好丑呢。"

"他不干活吗?"
"哎呀,我们已经告诉过你。
他直立在田埂间,
一副瞧不起人的样子……"

"这么说,原来
是个稻草人!
你们难道不知道,
不干活的不是人?"

卖星星的人

我认识一个人,
他叫卡梅罗,
在市场里转悠,
卖天上的星座。

他卖大熊星座、
犬星座、天蝎座,
大角星卖一千里拉,
两千就能买到狮子座。

行星嘛,可以给
买主打折,
因为它们反射太阳光,
自己不会发光。

"带一颗星星回家吧,
可以分期付款。"
卡梅罗在科尔托纳或
加拉拉泰的集市上高喊。

人们听他说话,
甚至为他鼓掌叫好,
却从来不会
掏钱包或腰包。

"买一颗彗星吧,
趁着不是圣诞假期,
比工业电流更亮,
价格也更便宜。"

这个可怜的卡梅罗
或许能做成生意,
然而,星星们
依然在天际。

后来,为了维持生计,
他辗转于市场和集市之间,
在一家给瑞士奶酪
打孔的工厂上班。

四 块 钱

从前有个善良的小个子男人,
他有三块钱,三块钱和一块小钱,
他这样把账来算:

两块钱的面包,两块钱的葡萄酒……
那菊苣呢?豆角怎么办?
好了,我们来试着这样算:

两块钱的面包和沙拉,
两块钱的葡萄酒……那煎蛋卷怎么办?
好了,我们来试着这样算:

两块钱用来吃,两块钱用来喝……
那孩子们干瞪眼?
好了,我们来试着这样算:

我花两块钱,孩子们花两块钱……
那房租上哪儿去弄?
好了,我们来试着这样算:

两块钱交房租,将将够,
一块钱用于午饭,一块钱用于晚饭……
那税呢?我们来试着这样算:

他们花三块钱,我们花一块钱……
今天先凑合这样。那明天呢,往后的?
这样也是不行的……

好男人算过来,算过去,
他把那三块钱和一块小钱,
算了一遍又一遍。

翻过来,调过去,
始终是四块钱,一块也不多……
那汽油呢?电视呢?

弹簧律师

我认识一个律师,
他是个弹簧律师,
没有人能注意到他。
当他穿行在人群里,
在电车上,或坐或立,
弹簧你是看不见的。
你看,他在法院里,
和其他一百名
黑色皮包里
装着刑法的律师
没有任何差异。
法庭非常严肃,
如果弹簧露出来,
或者突然弹开……
被人发现会有大麻烦。
一旦庭审结束,
被告或罪犯
被免于起诉,
律师回到家
就会变成另外一个样子。
他的女儿知道
弹簧在哪里。
噌,律师跳了一下,

接着,又跳了一下,
他跳了第三下。
路过的人
听到他们
开心地笑哈哈,
会想:"那是个幸福的家。"

审　判

重新开庭,
审判员再次入席。
审判长宣判,
全体起立。

"学生阿尔伯托·皮奥波,
皮奥·皮奥波的侄子,
向他的好叔叔
跪地请求宽恕。

他在作业本上写道:
'叔叔是邪恶之源',
以此来回报叔叔的
恩德和情感。

这么正派的叔叔,
不抽烟,不喝酒,
不玩足球彩票,
不费鞋子到处走。

用这种方式诽谤叔叔,
像对待自己的儿子,
'为了少写一个撇号!'
真是调皮捣蛋的孩子……

我们愿意
将被告送进监牢,
但叔叔原谅了他,
还请他今晚来家里吃饭。

叔叔还会在自己的商店里
给他一份差事做……
我们宣布,邪恶之源
不是叔叔,而是懒惰。"①

---

① 意大利有句谚语:"L'ozio è il padre dei vizi",意为:懒惰是邪恶之源。文中的侄子省略了一个撇号,变成了"Lo zio è il padre dei vizi",也就是:叔叔是邪恶之源。

会说话的房子

房子会说话，
如果有人有空儿，也愿意
听他们说话。
当然，
必须问
合适的问题。
于是，他们打开了话匣子。
他们抱怨
空间太拥挤。
"空气，空气，这里令人窒息。"
一座房子太高，
感觉头晕眼花，
"把我拽下来，
我想把头埋在地下。"
广场的角落里
有座房子疯了。
他很爱一只猫，
那只猫死在车轮下。
夜里，所有关闭的窗户
传出抱怨的声音。
崭新的、敏捷的、
乐观主义的房子，
他们决定

出一趟远门。
可怜的家伙们，如果他们知道
就连星期日都
去不了乡下……
人们不再带
房子去溜达。
以前这么做过吗？
谁知道呢！
房子不会咬人，
甚至不需要
拴皮带，戴口罩。
带他去湖边
呼吸新鲜空气吧。

做有轨电车多无聊

你们不想,
也从来没有人想过:
做有轨电车多无聊……
从一个终点
到另一个终点
永远走的是一条线……
你生来是二十一路?
就算活一百岁
也成不了
二十二路。
你生来是环线?
绕圈吧,朋友,
永远在画圆,
从穆斯塔法广场
到自由广场。
自由什么呀?
老是走同样的路,
却不会消耗它。
我消耗的是自己,
伤心地、
愚蠢地,
使劲摇铃,
总是把相同的人

带到相同的地点……
他们知道
我早晚会厌烦，
逃到南方的海边……
逃到所有大海之南……
所以他们才给我安上了轨道。
但等待这个发明
获得国家专利时，
你应该学习，
人永远应该学习。

对　　话

喂，喂。"您是哪位？"
"不知道，我有点儿耳背。"
"您是谁？""我是谁？
我也不记得我是谁。"

"天气怎么样？""不好意思，
我没看报纸。"
"几点了？稍等，
我去问一个二等兵。"

要我说呀，最糟糕的聋子，
是假装听别人说话。

未来之书

我很清楚,
你们会觉得不可思议,
即使有一本可以吃的书
就摆在这里。

这是一本未来之书,
惊人的创造:
人们就着所有的答案
将问题吃掉。

午饭吃一章,
晚餐吃一回,
历史消化了,
还有所有的幕后故事。

一天吃一页,
就着一点儿矿泉水,
经过食管进入大脑,
进行语法分析。

好美呀,有朋友
陪着一起加餐,
优哉游哉地吃着

矿物学论文一篇……

胃口好的人
"狼吞虎咽地学习",
成为一名医生,
用不了二十四个小时。

老 海 盗

独眼龙，
钩子手的
老海盗们
不再可怕，
他们睡在
历险故事书里，
木头腿支撑着身体，
他们的木头腿
早晚会被虫咬，
像一把旧扫帚。

可是，只要你愿意，
他们就会立刻醒过来，
率领整队人马向敌船发起攻击。
昔日的海盗们
像在甲板上那样
在书架上排好队，
随时等你下令：
把书翻到正确的那页，
海盗英雄们
正等着你发出信号！

非吉祥物

从前有一块马蹄铁,
不能给人带来好运气。

从前有一块
马蹄铁,
会给人带来坏运气。
人们不知道,
还以为能
带来好运气,
并为此争吵起来,
我先看到的,
不,我先看到的,
这样吧,
一人拿一点儿。
那块马蹄铁
狂笑不已,
偷偷地嘲笑他们,
这样没有人会注意到。
短短几年间,这块马蹄铁
造成十二起事故,
二十座屋顶坍塌,
十八个水龙头爆裂,
一个煤气罐爆炸。

一年的童谣

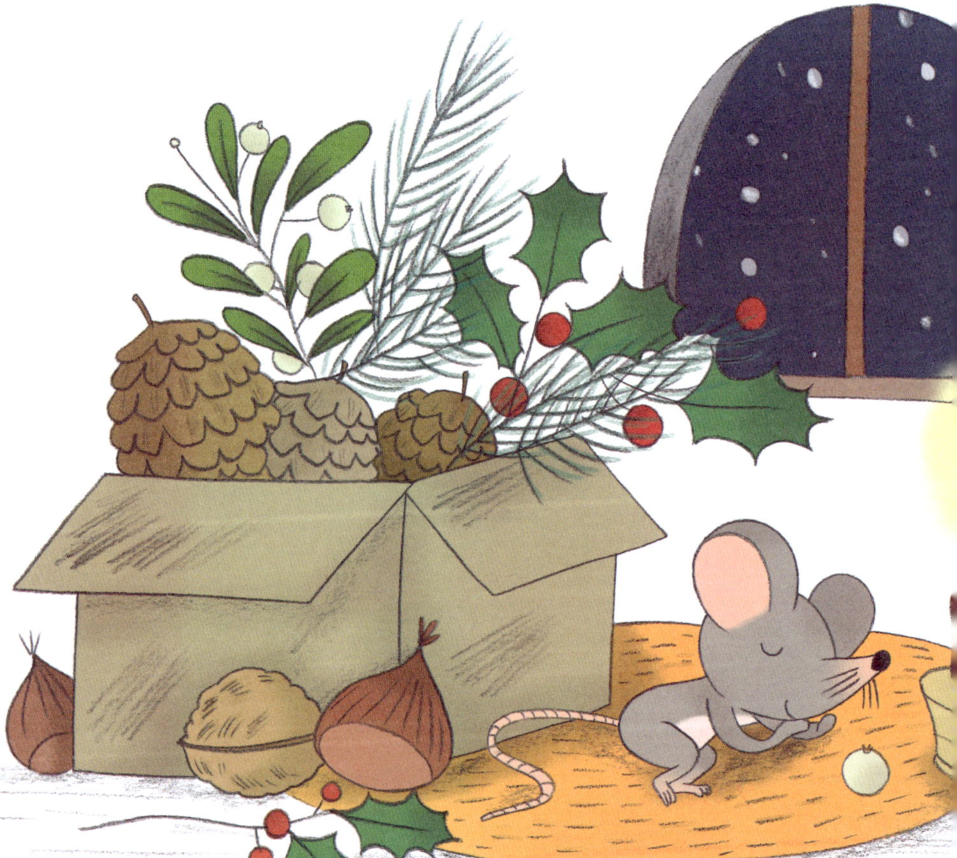

天 宫 图

"哦,新年,你来换掉
墙上的日历,
你给我们带来的惊奇,是苦涩,还是甜蜜?
旧的痛苦,还是好的消息?"

"我给你们带来了十二个月,
崭新的,还装在盒子里;

我这里有三百多个日子,
每个星期天都有它的星期一;

请检查一下:
每天有二十四个小时。

如果你们懂得利用,
时时刻刻都是静谧。

我给你们带来了雪:这是好玩儿的游戏,
如果人人将手里的雪球丢出去。

一年四季都将是节日,
如果人人收到他的那份礼。"

新　　年

猜猜看，我猜
你在命运里读到了什么：

新的一年将会如何？
是好，是坏，还是不好不坏呢？

"我的大书里印着
一年有四季，这是肯定的。

十二个月，各就各位，
有一个狂欢节和一个圣母升天节。

星期一后面那天
永远是星期二。

更多的东西，新年的
运势上暂时没有写。

至于其他，今年到底如何，
还是要看人们怎样度过。"

来了一列火车,装满了……

新年夜,
所有人都去睡觉时,
一号站台来了
一列直达特快列车,
它由十二节车厢组成,
每节车厢里装满了礼物……

一月

第一节车厢里,孤零零的,
有个可爱的老妈妈。
她一定很爱清洁,
身边有一把扫帚陪着她……
她的裙撑下面露出
玩偶或木偶的小脚丫。
"我有很多孙子,"她嘟囔着,
"真的很多!"
如果你们想知道有多少,
就数一数所有等待
巫婆礼物的羊毛袜。

二月

第二节车厢,乱糟糟!
狂欢节疯狂地开着玩笑:
有小丑哈乐昆,有科伦皮娜,
有皮埃罗和他的小女友,
往日的面具旁边
印第安人纵马飞跑,
治安官们发射糖果,
宇航员们把彩带抛,
像儿童画报上的主人公们
那样做着连环的梦。

三月

第三节车厢里
坐着三月的风
和春姑娘。
雨滴又哭又笑
在车窗的玻璃上。
一只燕子飞来飞去,
一朵紫罗兰散发着芬芳……
完全是一幅乡间的景象。
城市里,水泥间,
只有排气管
散发芳香。

四月

第四节车厢留给
一位著名的糕点师,
他为复活节准备
巧克力蛋。
蛋里没有小鸡,而是惊喜。
糖钟
不停地敲。

五月

第五节车厢里
装满了快活的东西:
世界上所有的花,
五月所有的乐曲……
旅途愉快!旅途愉快!

六月

六月,镰刀握在手!
但在第六节车厢里
我看到的
不只是大丰收……
我还看到了成绩单:
有的坏,有的好,
有的高,有的低!

啊，六之前的那五个数字，
我的朋友们，
是多么讨厌的发明。

七月

第七节车厢里
全是阳光和大海：
快点儿上车来！
车厢里没有长椅，
却有遮阳伞。
跳水的话，
车窗好过跳板。
有整个亚得里亚海，
有整个第勒尼安海，
孩子们并不全在这里……
所以车厢没有坐满。

八月

第八节车厢里
是城市:
谁整个夏天
留在城市里,
就把城市献给谁。
街道任由他们处置:
他们可以像主人一样
奔驰、转弯、停车。
向右,向左
超自己的车……
可是到了晚上照样会难过。

九月

你们看第九节车厢
正在进行补考,
老师们严肃庄重,俨然掘墓人……
找起孩子们的麻烦来没完没了!
为什么不能偶尔换个花样,
让大人们也来补考?

十月

第十节车厢里
有许多长椅,

一块黑板
和几支白粉笔。
整个世界可以从
敞开的窗户进来:
对于懂得倾听的人,
它是最好的老师。

十一月

第十一节车厢里
有一股好闻的栗子味,
灰色的城镇,灰色的乡村,
已经向第一场大雾屈服,
晚上关掉电视后,
有好书可以读。

十二月

这是最后一节车厢,
全是用节日大蛋糕做成,
靠垫是用柠檬蜜饯做的,
门是用奶油果仁糖做的。
一到火车站就会被我们
美滋滋地吃到肚子里。
我们还会吃长椅,
白胡子的圣诞老人
正坐在长椅上打瞌睡。

献给巫婆

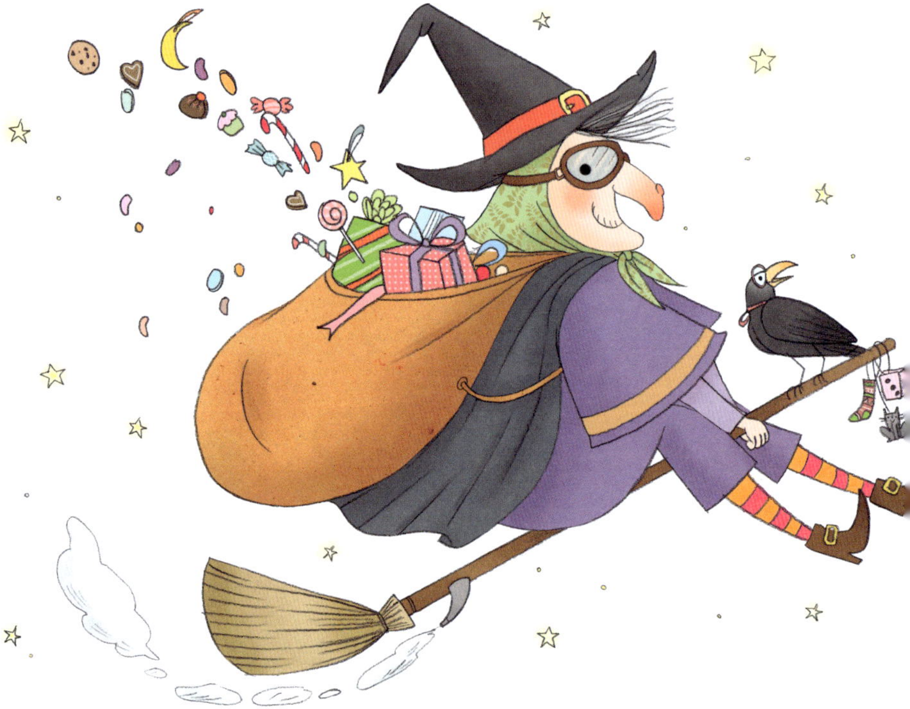

三首童谣

一

我听说,亲爱的巫婆,
你会把羊毛袜装得满满的,
所有的孩子,只要他们乖乖的,
就能从你那儿得到丰厚的礼物。
我一直都很乖,
你却从来没给我带过一件礼物。

今年你也在日历上
按时经过,
但是我担心,可怜的人,
你坐的是直达列车:
很多站都不停,
那里也是有乖孩子的。

我给你寄出这封信
为的是让你乘坐每站必停的慢车!

哦,亲爱的巫婆,
请乘坐这样一列小火车,
带着很多礼物,很多糖果,
停在每个孩子家门口,
停在穷人家门口。

171

二

巫婆，亲爱的老太婆，
照着旧风俗来，从容不迫。

她不会坐飞机，
从高山飞到平地，

亲爱的老太婆，只相信
自己的高粱扫把，

于是后来人们看不见
那个巫婆……

她在云朵间迟到了，
很多人没得到礼物！

好心的我差点儿想
送她一台微型电动机，

这样她就可以去到各地
无论是好天气，还是坏天气……

加快点儿进度和速度，
给所有人带去幸福！

三

纳沃纳广场的巫婆，
多么可爱，多么善良。
漂亮的东西充满
她的千百个货摊，
她的十万只袜子里
塞满了饼干和甜点。
伸出手就能够到
所有你想要的玩具，
比起从前的老玩具，
新玩具你会更喜欢：
好脾气的毛绒玩具熊、
喷气式飞机、
电动火车、小喇叭、
北美土著人，还有布娃娃。
说句公道话，
巫婆也知道赶潮流，换口味。
据说，为了算账，
她还买了计算器。

三支催眠曲

一

巫婆来了,来了,
来自一片非常遥远的土地,
遥远得甚至不存在……
巫婆,你知道她是谁吗?

二

巫婆来了,来了,
你安安静静的,就能听清她的声音,
你安安静静地睡着了,
就再也听不见巫婆的声音。

三

巫婆,可怜的人,
匆忙之中弄混了,
没给我预定的火车,
而是给我留下几块煤。

狂 欢 节

狂欢节的彩纸屑,万岁!
不伤人的纸花炮,万岁!

欢乐的武士们
一起愉快地走在街头:
开怀大笑,
没有任何忧愁,
节日彩带
缠了满身满头。
不需要护士,
一块糖就能
把伤员治好。
普钦内拉将军指挥进攻,
迈着塔兰泰拉舞步,在队伍的最前头。

战斗结束,
所有人去睡觉。
一片狂欢节的彩纸屑
仿佛一枚勋章,
在枕头上闪闪发光。

狂欢节的玩笑

狂欢节,
开什么玩笑都可以。

我会戴上一副
普钦内拉的面具,
说莫萨里拉奶酪
是我发明的。

我会戴上一副
潘塔罗内的面具,
说我的每个喷嚏
值一百万。

我会戴上一副
马戏团小丑的面具,
让所有人相信
太阳是冰做的。

我会戴上一副
皇帝的面具,
让一个帝国
属于我两个小时。
按照我的意愿,

那些成年累月
戴面具的人,
必须摘下面具……

看到许多人
真实的脸,
狂欢节
会更好玩儿。

春　天

我知道这样一座城市，
春姑娘来了，
又走了，
找不到一棵树可以
重新给它披上绿衣，
找不到一根树枝
开出丁香或者玫瑰。

可怜春姑娘
一番好心好意，
在有围墙的
监狱一般的街道上徘徊：
将一点儿绿色挂在
有轨电车的电线上、路灯上，
将鲜花撒在
家家户户门口，
（没过一会儿，
就会被清洁工收走……）

没有别的
事情可做，
一个星期，又一个星期，

她为燕子们指挥交通，
在人们看不到燕子，
也听不到
燕子叫的高空。

那座城市叫什么，
我不能告诉你，
只有红绿灯不是红色时，
那里才能看见绿。

春天的童谣

春天的童谣,
白日越长,夜晚越甜蜜。

明天,小草丛中或许
会钻出第一朵紫罗兰。

哦,第一朵新鲜的紫罗兰,
第一个见到你的人好有福气。

你的香气会告诉他,
春天来了,它就在这里。

其他先生们不知道,
还以为冬天没有过去。

也许他们地位尊贵,
但他们的日历迟到了。

八 月 节

今年的八月节
我想骑着摇摆木马
环游世界,
摇啊摇,晃啊晃,
在一匹漂亮的摇摆木马上,
就这样四处游荡,
蜗牛也能从我
身后超过去。
很多天我都在路上跑,
我想用一天来思考。
一整天的时间
沉浸在一个美妙的想法里,
跟我那匹纸雕的马一起,
绕着我的脑袋旅行。

收获葡萄的季节

收获葡萄的人群是美丽的。
你们也叫上普钦内拉吧!

他总是饿得慌,
一排葡萄够他马马虎虎开胃:
"一串葡萄给我,
一串葡萄给你!
哦,篮子,我在跟你说话!
你们看到了吗?"
它不回答,它不想要。
篮子不知道葡萄是太阳,
太阳是一种甜滋滋的美食。
一缕阳光给我,
再一缕阳光给我,
一共凑成三缕。
太阳有很多缕光,
多得他根本不去数。
太阳送出的光越多,葡萄越好吃,
每一粒紫葡萄里
囚禁着阳光一缕。

收获葡萄的季节,美妙的是歌曲,
但不要叫上潘塔罗内……

那个老吝啬鬼不会在
枝条上留一粒葡萄,
哪怕一粒,
给免费歌唱的
麻雀,
和夜莺鸟。

潘塔罗内会在一串串葡萄上
挂上牌子:
"闲鸟免进"。

收获葡萄的季节,太阳变成葡萄酒,
叫上小丑哈乐昆吧,
让他喝下
杯子里的一点儿阳光。

季 节

一

秋天从山上来,
它有栗子的味道。
冬天来自冰川,
它的口袋里只有烦恼。

二

墙上还有一只蜥蜴,
阳台上还有一支天竺葵。
还有,还有那么一点儿春天,
一点儿春天总是会留在整个冬季,
给能找到它的人
带去许多欢喜。

雪

多么美的雪,
多么好的发明,羊毛雪和棉花雪……
不会弄湿手套,
没戴手套,不会弄湿手,
没穿鞋,不会弄湿脚,
没戴围巾,不会弄湿鼻子,
没戴帽子,不会弄湿头,
没打伞,不会弄湿头发,
也不会弄湿没有煤的炉子,
这个发明好极了,
羊毛雪和棉花雪。

魔 法 树

不要在自然科学
书籍里找圣诞树,
圣诞树是
魔法树。
橙子、橘子、
糖果、巧克力、
奶油果仁糖、蜡烛
跟它长在一起……
而最好吃的果子
是惊喜的果子,
半夜成熟在
包装盒里。
你等在床上,
假装睡着了,
它们来叫你
去发现它们。

一只想在圣诞树上
做窝的麻雀的祈祷

求求你们给我
打开客厅的窗子,
我是一只可怜的小麻雀,
好冷啊,一直冷到心里……

我看见你们
在小饭厅的角落里
种下那棵美妙的树,
树上长着魔法叶子。

每根树枝都被一颗
陌生的果实压弯了腰,
我看见每根树枝上
都有一颗星星在闪耀。

我从窗台窥视你们,
一根根羽毛冻得发麻。

可是现在,圣诞树
已经装饰好了。

现在,一切就绪,
那就让我进来瞧一瞧,
我可以把窝
做在最隐蔽的树梢。

我不会给你们添太多麻烦,
我是一只规矩的小麻雀。
你们想一想,明天
等你们的孩子,
在礼物中间,
白铁月牙后面,
在棉絮雪花
和玻璃露珠中间,
发现一只真麻雀,
胸膛里有一颗真心,
亮晶晶的黑眼睛从它的小窝
向外看,该有多开心!

一个活物,
需要温暖,
需要有人爱它,
它害怕,又要忍受饥寒……

孩子都是好孩子,
我们一定会相处得很好,

因为在他们所有的礼物中
我要的东西那么的少:

一小块蜂蜜杏仁糖,
用来磨嘴,
最干的饼干,
节日蛋糕皮……

我可以为你们
温柔地拍动翅膀!
请让我飞到
那棵圣诞树上。

客　人

最高的枝头，
靠近星星的地方，
有一只真麻雀
又跳又唱。
它从窗台看到
这棵魔法树，
窗子开着，
它拍了一下翅膀
飞到最高的树枝上。
这只真麻雀
就在那颗星星旁，
又跳又唱。
外面冷极了，
不要把它赶出去，
它是圣诞节的客人，
会给你们带来欢喜。
整个节日期间，
一粒面包屑就能让它满足，
让它在红色的
桌布上散会儿步，
然后回到星星
旁边的树枝上。
那只真麻雀
又跳又唱。

窝

谁住在冷杉树上面，
礼物和彗星之间？
有一个顶针
那么高的圣诞老人。
有七个小矮人，
印第安人，
火星人。
大拇指①甚至
做了个窝在上面。
每个人都有位子，
每个人都有小灯一盏。
有的人还会获得许多平静，
因为他们想要平静，
也知道平静
比阳光更温暖。

---

① 见《格林童话》中《大拇指》的故事。

新 年 夜

新年夜,你们知道
罗马人做什么吗?

他们从窗口扔下
瓦罐和破布。

旧脸盆、破水桶,
圆锅、平底锅、盘子,
旧雨伞和瘸腿的凳子,
落在人行道上,如同欢乐的雨。

你躲在门洞里,
直到整个活动结束。

不要骂旧风俗,
丢瓦罐的人怀抱希望。

这些丑陋苦涩的东西
就该丢弃。

棚屋、茅舍
整天黑漆漆,

饥饿、战争、恶毒，
所有苦难的垃圾……

太堵塞道路？
接下来我们再把清扫考虑。

新 年 童 谣

旧的一年走了,
把一切留给我们:
一本不能再用的日历,
有点儿脏,有点儿破。
代表十二个月的十二张纸
依然挂在厨房里,
就像给孩子们表演完的
十二只木偶。

你们说了什么,你们做了什么,
从最初到最后?

"我们说了俏皮话,
我们的行为你们已经看到。
该哭的时候,我们哭了,
我们也笑了,但笑得很少;
我们扮演了我们的角色,
在他人面前:舞台是你们的。
根据时间表,午夜时分,
新年的大幕将拉起。
每个人都要扮演一个角色,
但没有写在纸上,也不用来学习。
幸好有一个提词员。
听他的话:他就是你的心。"

旅行与长沙发上的梦

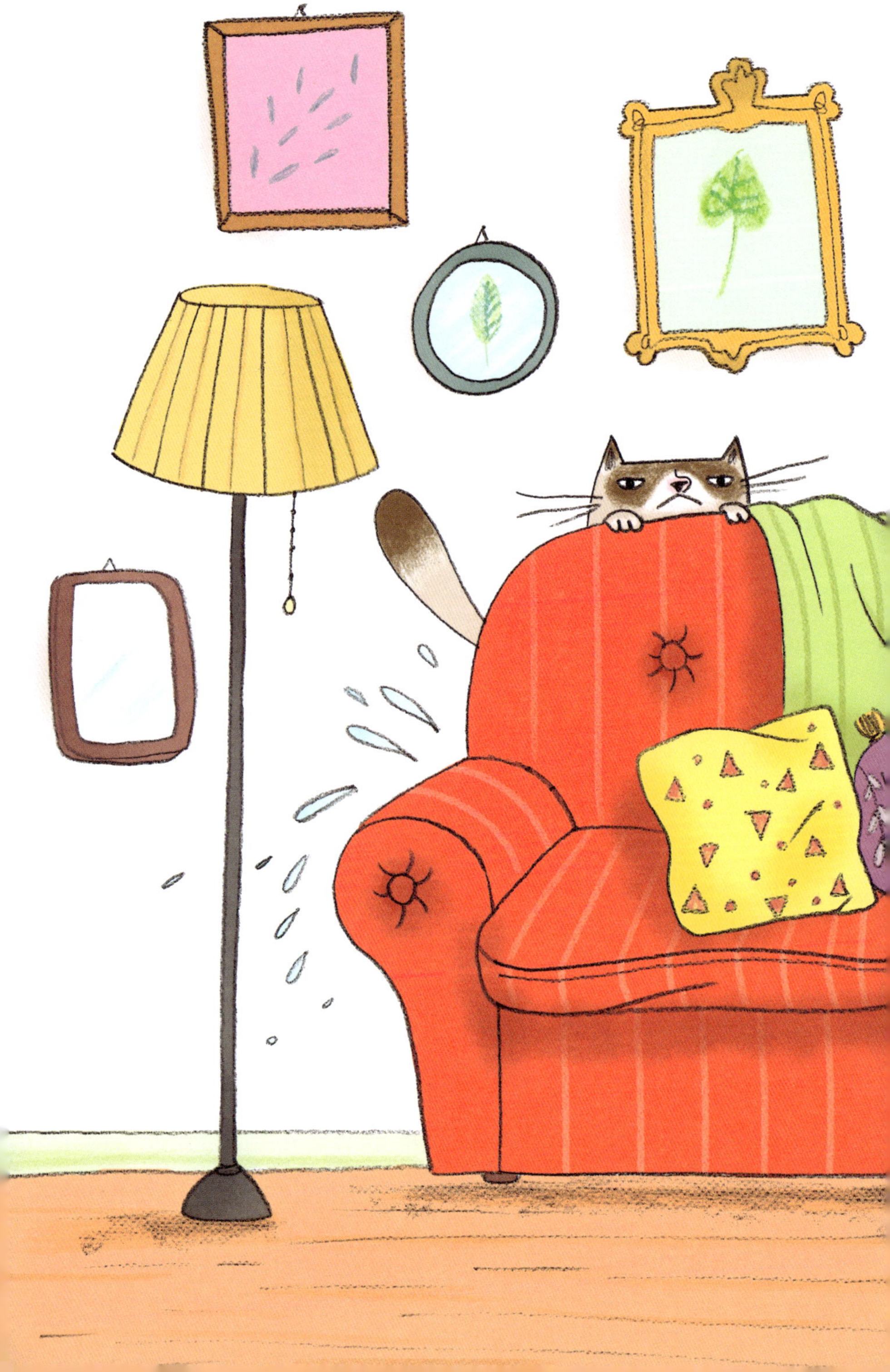

睡椅的烦恼

长沙发(Canapè)
是带重音的睡椅(divano)。
沙发(sofà)
也有重音。

因此,睡椅
是个平淡①的词语,
他妒火中烧,"为什么
他们不给我
加一个重音?"

---
① 平淡,是指 divano 的重音落在倒数第二个音节上。

暴 风 雨

飞机是银色的鸟,
飞得比风还高,
飞得比云还高,
即使下雨,那里照样艳阳高照。
飞行员看到脚下的闪电
像蛇一般扭动,
云像暴风雨中的大海,
但天是蔚蓝的,遮住了他的头。
飞行员大笑起来……就像爸爸看到
他的宝宝任性地哭闹,
泪水掀起一场
小小的风暴,
很快就会雨散云消。

风

风是一个旅行者,
旅行啊旅行,
从山巅到海滩,
从来不知道
找个地方停一停。
风是一个牧羊人,
他的绵羊和羊羔
是落叶。
风是一个音乐家,
他的钢琴
是整片树林,
有黑松
和白桦。
弹啊弹,不知疲倦……
弹奏一支没有词的歌,
但是,听懂的人知道
他这支歌说的是:
"走出阴霾!太阳出来!"

宇宙飞船

"哦,你们这些宇宙飞船上的人,
你们是谁?要去哪边?"

"我们旅行了几千年,
在恒星和彗星之间。

船上有几十亿人,
男人、女人和小孩。

死去的先人
也永远在我们身边。

道路漫长，
但只有我们这些人。

如果我们互相搭把手，
旅行将会非常愉快。"

泽塔先生

"终于剩下我一个人了!"
泽塔先生说。
他将整个世界
关在门外面,
还插上了插销。
他打开灯,
打开电视,
坐在扶手椅上,

世界从电视机里
翻倒在地板上，
充满了家具、抽屉和房间。
可是，泽塔先生睡着了，
什么也没看见。

七天的美洲大陆

哥伦布走了,
率领三艘三帆船,
开始远航,
去向海的方向。
星期一
他发现了一座小岛,
星期四,
他在那里盖了一间小屋,
星期日,
他发现了美洲大陆。

远　行

我想做一次远行，
去看望世界各地的孩子。
我想一个个去看望他们，
想知道他们
过得如何，在做什么，
他们上不上学，
有没有妈妈，
爸爸上不上班，
是否有个妹妹陪他玩。
我想知道
谁给他们披被子，
如果他们把小手塞进嘴里，
谁会责备他们，
是否有人用湿的梳子
给他们梳头发，
漂亮的短裤上撕开的口子
是否已经补好了。
我想确定
天黑时有没有人害怕，
所有人的枕边
都有好梦可做，
有奶奶拉着他们的手，

远离可怕的黑衣人。
我会对他们说:"你们好,孩子们,
白皮肤、黄皮肤、黑皮肤的孩子,
罗马和圣塔菲的孩子,
牛奶或咖啡肤色的孩子,
莫斯科和北京笑容灿烂的孩子,
黑色或金色头发的孩子,
你们好,世界上所有的孩子。"

日本燕子

孩子们在电视上
看到一部电影:
日本的孩子们
聚在一起
向南飞的燕子道别。
他们想重新玩一遍
这个道别的游戏,
但现在不是九月,
燕子不南飞,
不是三月,
燕子不在这里。
他们来到阳台上,
望着冬日的天空。
有多少日子没看天了?
电视机就把
他们推开这么一回,
电视机就做了
这么一回好老师。

如果有……

如果有一个
冰激凌的罗马:
开心果的市政厅,
柠檬的万神殿,
巧克力的斗兽场……

如果有一个可以玩的罗马:
可以玩旋转木马的圆顶,
可以玩跷跷板的方尖碑,
可以玩警察抓小偷的
纳沃纳广场和锡耶纳广场。

如果有一个世界,
人民安居乐业,
友善相处,
有一所学校,
可以学习读、写、说幸福的语言。

小 市 场

台伯河区，圣柯西玛多
有一个非常漂亮的市场。

人们去那里买水果、蔬菜
和煎着吃的鱼。

一个摊位旁，篮子里，
生菜中间，有个小男孩。

哦，卖菜的，他好漂亮！
能帮我称一下吗？这个也卖吗？

来自河流的亲切问候

所有河流都会流入大海。
一旦碰了面,他们会说什么?
"我从伦敦来,我叫泰晤士河。"
"很高兴认识你,我是巴黎的塞纳河。"
"台伯河在哪儿?"
"我在这儿!"
"注意,巴拉那河来了……"

莱茵河和尼罗河,印度河和约旦河,
互相行鞠躬和吻手礼。
黄河和长江
对着恒河耳语。
大海搅动波浪,
科罗拉多河和伏尔加河混在一起,
取消这些名字,汇成一个大海……
海豚去那里嬉戏。

冰 激 凌

奶油的，柠檬的，或者香草的
冰激凌啊，多么美妙！

孩子首先看到
精美的蛋卷顶端
有一座彩虹色的
阿尔卑斯山峰：
奶油是马特洪峰上的雪，
巧克力峡谷间的草莓
当然是玫瑰峰。

然后发光的齿状顶部
融化成美味，变成了
光滑的小山丘
或者沙漠中波浪形的沙丘……

哇，好美妙，当你发现沙子
是奶油、柠檬和香草做的，
即便是沙漠，你也会吃掉。

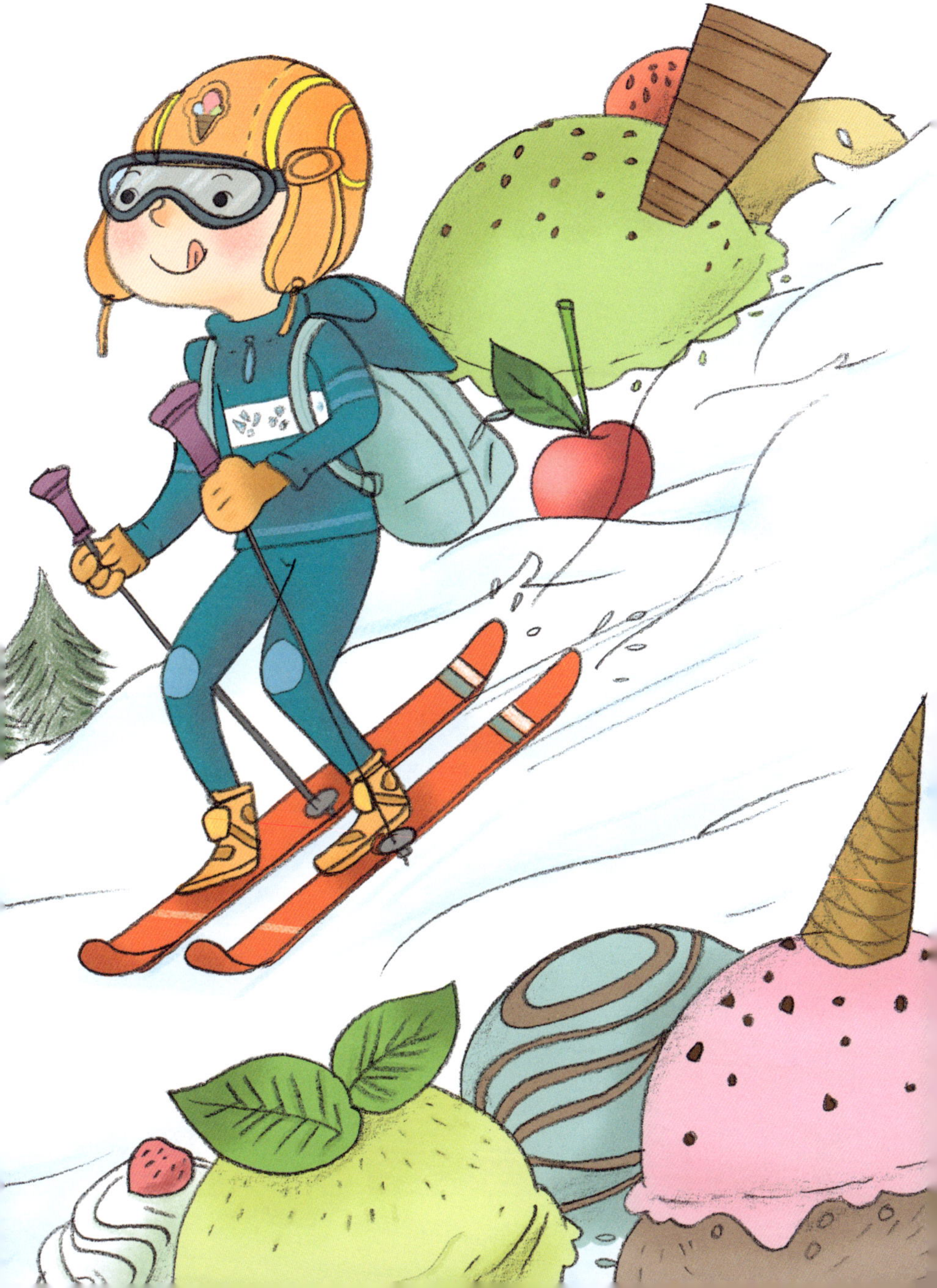

城里的树和乡下的树

在都灵,
树也开车,
去乡下
呼吸新鲜空气。
相反,乡下的树
来城里
置办年货。
开车来吗?
当然了。

去多伦多

诚实和笨笨去多伦多。
诚实走得更早,
笨笨准备得更好。
他们一起到达目的地,
但是只有一个人到了多伦多。
他姓笨笨,名诚实。

咳嗽的维苏威火山

那不勒斯有一座维苏威火山。
有一次,他抽烟,
咳嗽了起来。
医生对他说:
"您戒烟吧。"
"是,是,医生,我戒烟。"

度 假 村

度假村，
在地图上没有标记，
但一定是所有村子里
最快乐之地。

大小学生们
考完试去那里，
那里的作文题
简单且有趣：

"蛙泳和蝶泳"，
"从跳板上跳进水里"，
"在松树树荫下
扎一顶帐篷"。

在度假村，
放下一切忧虑。
形形色色的人去那里，
工人、会计师，
上流社会的
先生和小姐。
（说实话，有的人，
整年都待在那里。）

但是我认识很多人,
从来没去过那边。
我还敢向你们保证,
这跟考试不及格无关。

分数没有用,
那里只认钱,
蔚蓝的大海很昂贵,
松树的气息也很费钱。

收音机

走啊走……衣柜旁的
小桌上有一台收音机。

注意,我转动旋钮:
日本的声音传进耳朵里。

日语,我不懂,
匆匆跑去旧金山待一会儿。

或者伦敦、莫斯科、北京,
完全不用挪动步子。

传到我房间的声音
来自好望角。

如果有人在哥斯达黎加拉小提琴,
我毫不费力就能听到。

为了服从我的旋钮,
声音可能穿越了一场台风。

随心所欲的木偶

SUI
XIN
SUO
YU
DE
MU
OU

殷 欣/译　　薛 瑾/绘

第 一 章

现在介绍一下,
费尔南多·玛尔维萨葡萄先生的剧团。

很久以前,久到我也不知道什么时候,
在特洛多曼朵那个地方,

有一个木偶大剧团,
它给小孩子、士兵和女仆们都带来欢乐。

领导剧团的是
费尔南多·玛尔维萨葡萄先生,

你们要知道,他叫这个名字,
全因为他跟一只酒杯是铁哥们儿。

而且我要告诉你们,
他和那只杯子实在太要好,

每时每刻他们都
互相深切关心着:

"脸色真差啊,可怜的老伙计!
你肯定是喝了桶里的脏水了。

我来给你喂些药,
让我用基安蒂红葡萄酒盛满你……"

他把杯子斟满,又一饮而尽,
然后开始安慰杯子说:

"小可怜!看到了吗?
你这么空,该有多口渴啊……

幸好我不嫌累,
我会给你倒满基安蒂白葡萄酒……"

就这样,费尔南多先生
整日自斟自饮。

而当演出开始的时候,
除非发生奇迹,否则他早已烂醉如泥。

木偶们对这样一位主人不太满意,
甚至非常不满。

比如,女王木偶
就用纤细的手指捂着鼻子说:

"我再也没有宝座和王冠了,
我有一个木头王国,我的穿戴雍容华贵,

而我却得不到半点儿尊敬,
酒气熏得我直恶心。"

倒霉的恶魔木偶,
已经被冻得像根冰棍:

"主人,一杯接一杯,
连我的斗篷都被他拿去换酒喝。

要么您用苏打水代替酒来喝,
要么把我的犄角和尾巴也拿去吧。"

幕布后的一个小角落里,
穿彩虹服的小丑木偶独自待着。

他孤零零一个人在那里,
因为担心自己的衣服太寒酸。

他不断地唉声叹气:
"我们是演员还是流浪汉?

我的衣服
失去了彩虹般的颜色。

您快可怜可怜我吧,
我身上的补丁左一块右一块。

你们看见我右边胳膊上这块补丁了吗?
我还记得补上这里的老师傅。

行行好吧,找位裁缝,
请他给我补上膝盖上的洞。"

戴面具的小丑木偶
成天向少女木偶献殷勤。

但是费尔南多先生冲他们嚷道:
"我不会让你们举行婚礼的!"

总之,所有木偶都多多少少
对主人怀有不满。

但每到演出的时刻,
他们会忘掉一切不快。

纯粹出于对艺术的热爱,
他们投入地扮演着自己的角色,

给孩子、士兵、官员和律师们
带来了巨大的欢乐。

就在那个名叫特洛多曼朵的地方,
在不知多久以前……

第 二 章

主人不在的时候,
大家开始计划逃跑。

演出结束后,
玛尔维萨葡萄先生把木偶们都放到床上。

他会仔细清点人数,
从女演员到男演员,从道具管理员到提词员。

数来数去,一遍又一遍,
他不厌其烦地数着:

"看看,真奇怪,
我每只手上都有一个穿彩虹服的小丑……

少女木偶还有一个妹妹,
女王有一个双胞胎姐妹……

两个恶魔木偶,多难看的一对儿!
演员的人数给我翻了一倍。

作为一个聪明人,我该怎么办呢?
我要用两根绳子把他们拴起来。"

清点完人数,
我们的算术家忽然觉得嗓子好痒,

为了治好他的扁桃体炎,
他赶忙去找葡萄糖浆喝。

他从来不会忘记给出口和入口的大门
都锁上两道锁。

但是有一天晚上,由于疏忽大意,
他忘记了锁大门。

戴面具的小丑偷偷地向外望去,
在街道的尽头,他看到一颗星星挂在天上。

"我还记得你,亲爱的小星星,
我曾经在梅尔杰利看到过你一次!"

"你确定是同一颗星星吗?"
"我可以肯定,我向你们发誓。"

彩虹服小丑这时说道:
"我觉得应该是你在都灵看到的那颗。"

少女木偶笑了:"只是这一颗吗?
在拉古那的时候有成千上万颗呢。"

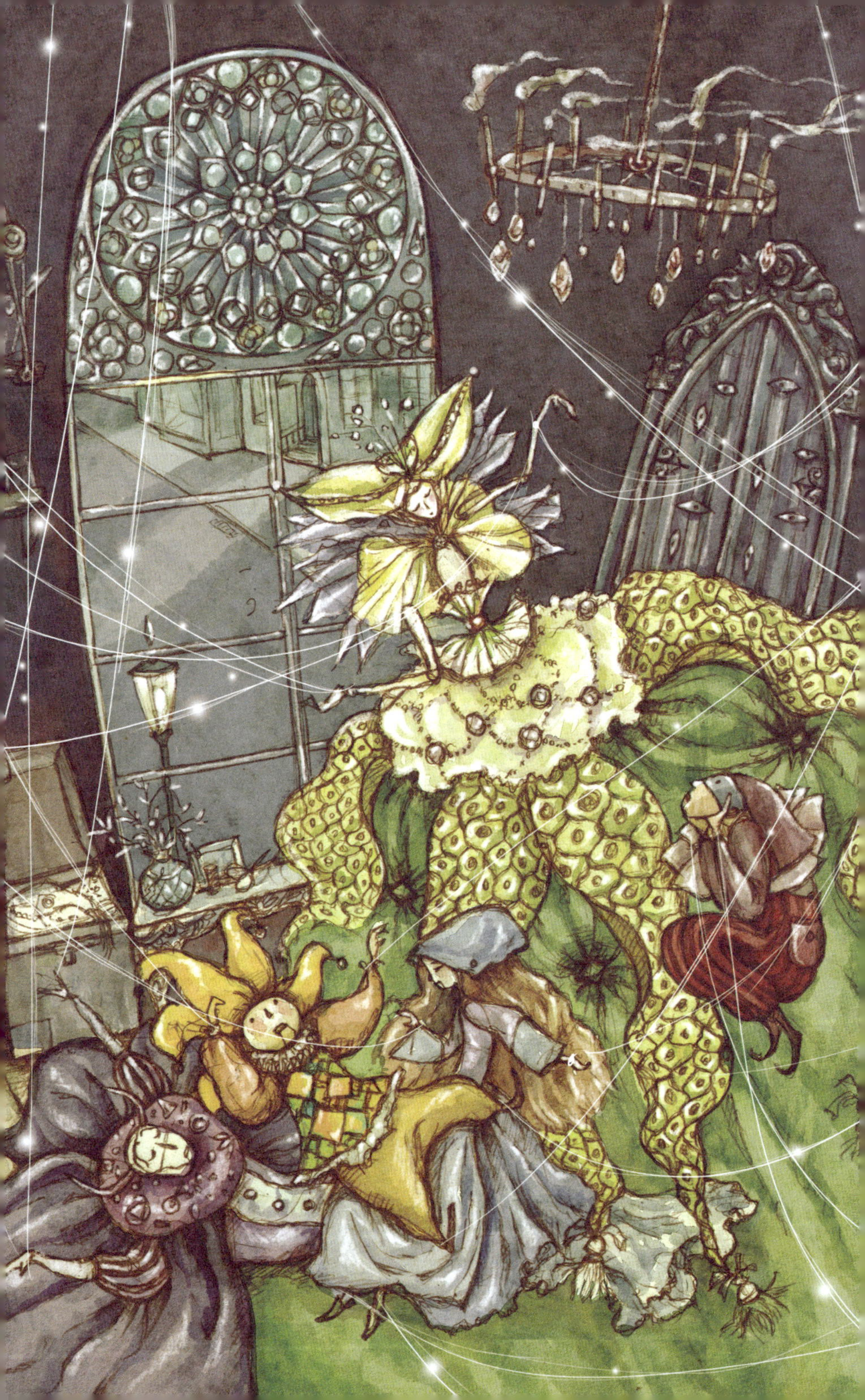

星星闪耀着,好像在说:
"多美好的夜晚啊!你们为什么不出来呢?

我把星光洒在了小桌子上。
你们看到了吗?快看啊。"

木偶们在桌上看到了
一把漂亮的小剪刀,

天上的星光正把它照得
好像银子般闪闪发亮。

戴面具的小丑伸手去够,
但是桌子离他还差那么一点点。

如果女王木偶试一下的话,
她肯定可以够到。

但是她压根儿就不想试,
甚至还说:"放肆!

这样做太有失身份了。
难道要我做一个裁缝吗?别开玩笑了……"

"尊贵的女王,您忘了吗,
要想逃跑就要剪断绳子。"

固执的女王说:"不,我是不能干活儿的,
这会让我有失体面。"

幸好这时,
有一只老鼠跑出来晒月光,好暖暖身子。

总是很机灵的面具小丑
和它打了个招呼。

"尊敬的老兄,您吃过晚饭了吗?"
"还没。有什么东西可以啃吗?"

"如果你喜欢的话,这里有些细绳子。"
"要知道,最好是奶酪……

但是如果找不到更好的食物……"
"你瞧瞧,这可是新的绳子!"

于是,老鼠很快就开始
啃木偶身上的绳子。

面具小丑一下子跳到地上,
他谢道:"好样的,干得好!"

他又马上剪开了
心上人少女木偶身上的绳子,

而贪吃的小老鼠，
把彩虹服小丑身上的绳子也咬开了。

它一边嚼着绳子一边嘟囔：
"还好是绳子不是锁链。"

但是它却错把恶魔木偶的尾巴
也当成绳子咬掉了。

突然，老鼠闻到了猫的气味，
为了不被当场捉住就立刻逃跑了。

其实，来的不是猫，
而是费尔南多先生！

第 三 章

讲段故事，编点儿谎话，
就可以让一条老鲑鱼心满意足。

"快点儿，快点儿！"星星低声道。
"彩虹服小丑、面具小丑，

少女木偶，快点儿跑！
我闻到了玛尔维萨葡萄先生的味道！"

这时，女王哭了起来，
因为没人给她解开绳子：

"朋友们，先生们，行行好，
给我剪断绳子，我就封你们为侯爵。"

"您有剪刀，尊敬的女王。
您自己来吧。"

"但是马车准备好了吗？"
这个愚蠢可怜的女人呜咽着说。

"谁知道座位上有没有绒毛褥子，
暖炉里面放木炭了吗……"

我们的朋友们都很着急,
没有时间听女王的话。

他们从主人两腿之间
溜出了大门,

在星光的指引下,
翻墙越沟,

他们拼命地跑,
一直跑到了河边。

他们只有三拃高,
于是便躲进芦苇中。

疲惫不堪的玛尔维萨葡萄先生,
走进他的木房子里。

他已经喝到不能再喝的地步,
于是清点木偶人数成了件美妙的事情:

"瞧瞧!太神奇了,
我的剧团成员变多了。

我有三个女王,三个国王,
过去我有一个恶魔木偶,现在竟有三个。

这个结果不错,
不然的话我可要气坏了。"

恶魔木偶,这个可恶的告密者,
想要向主人揭发:

"主人,您没数全,耐心点儿,
您会发现人数不对!"

但是费尔南多先生根本没听见,
他倒在床上,开始睡觉了。

他的鼾声震耳欲聋,
让女王觉得非常厌恶:

"竟敢当着我的面这样!真是太缺德了!
他本来可以去另一个房间的……"

正躲在芦苇中的我们的朋友们,
却无法平静下来。

"我们过河吗?""我不会游泳。"
"但是木头不会沉下去。"

"我们是木头做的,不会沉下去,
我们会漂在水面上。

但是如果河水不给面子怎么办?"
"行?""还是不行?""该怎么办?"

少女木偶一下子跳进河里,
可笑的讨论就这样结束了。

剩下的两个人,
全都跟着跳进了冰冷的河中。

附近正游着一条老鲑鱼,
它很好奇而且爱多管闲事。

"穿着衣服的鱼?真是怪事!
我从来没见过这样的,在海里都没见过。

他们是干什么的?
卖帽子的鱼和当裁缝的鱼?

这些男士穿得很漂亮,
他们也许是去野餐?"

三个好朋友,
出于谨慎,没敢主动跟鲑鱼介绍自己。

"尊敬的先生,您是谁?"
"我是个摆渡船工。"

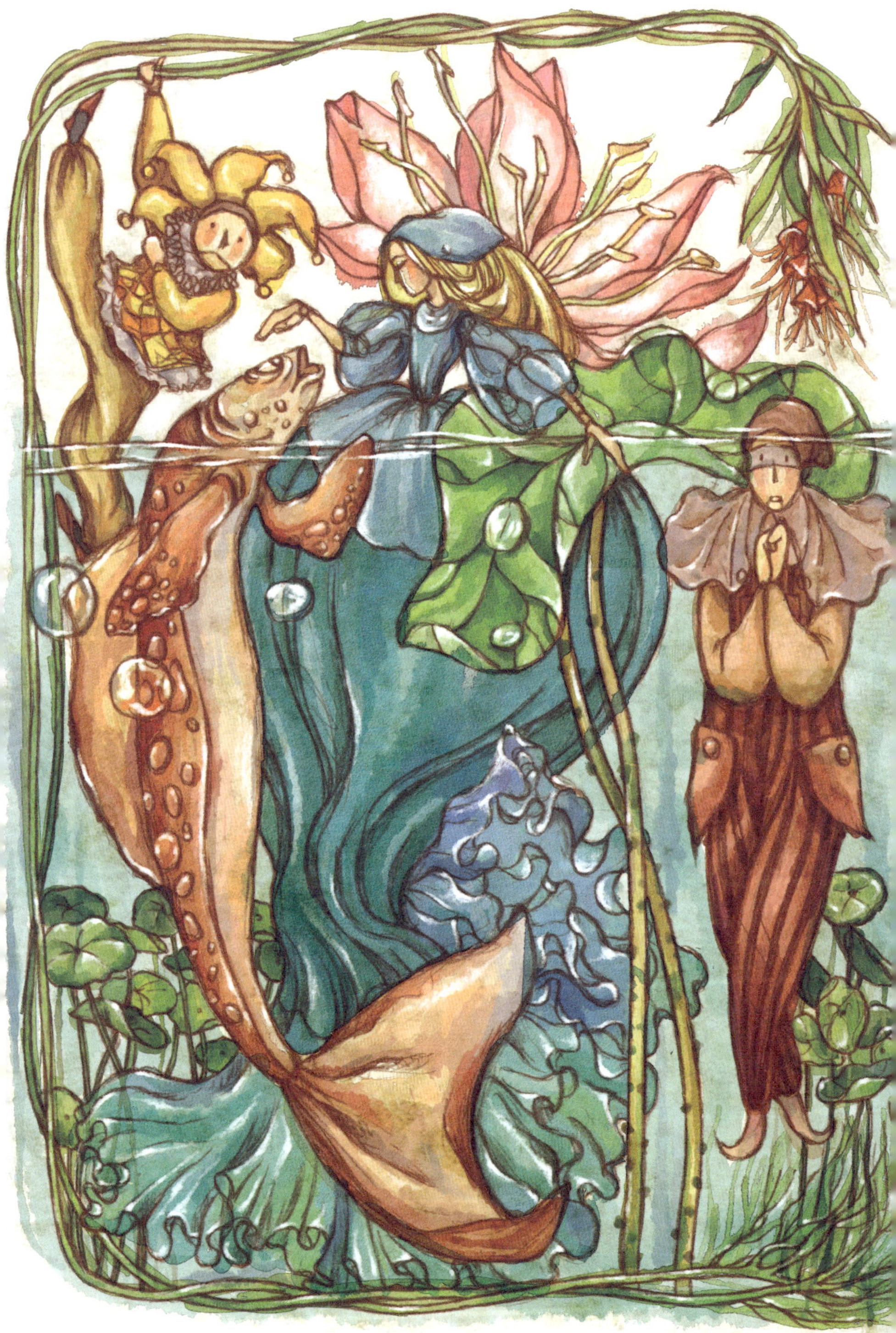

"很高兴认识您!""非常荣幸!"
"真是太走运了!"

"太巧了,我们刚到这里,
您可以载我们到河对岸去吗?"

不用过多的请求,
鲑鱼就允许他们骑上来。

作为摆渡他们的交换条件,
它说:"一分钱我也不要。

不如,你们一边擦干身子,
一边给我讲讲你们的故事。"

三个朋友为了哄它开心,
竭尽所能地讲起了故事。

面具小丑,出于好意,
还说了些谎话。

为了让爱管闲事的鲑鱼高兴,
他说了一点点谎话。

第 四 章

我现在要告诉你们,
木偶们的心,不都是木头做的。

在玫瑰色的黎明即将到来的时候,
这群伙伴们的身上已经基本晾干了。

"太阳出来了,"彩虹服小丑说,
"我们去买点儿吃的吧?"

"这个主意太妙了,"面具小丑说,
"你们的口袋里有多少钱?"

这几个可怜的人,
他们既没有小钱袋,也没有小口袋。

这都是裁缝的错,不知他是故意还是粗心,
他们的兜里一个子儿也没有。

"至少我们还有个厨师——少女木偶!"
"但没有厨房,我能做什么呢?

没有锅,要做饭的话,
拿什么来煮呢?"

为了找点儿吃的，
他们动身出发了。

路很长，太阳很晒，
但是他们一直没找到吃的东西。

正午的钟声响过后，
想吃东西的话就该四处看看。

三个人四处张望，
但是，他们依旧饥肠辘辘。

七点的钟声敲过，
妇人们做汤的时间到了。

可三个人左瞧右看，什么也没看到，
没有做饭的妇人，也没有汤。

八点的钟声响起时，
他们想吃拌饭了。

九点、十点的时候，
他们又想吃面食和豆子。

情况各有不同，
但结果总是一样。

他们通宵都在走路，
幻想着生的、熟的各种食物。

清晨，在一座小木屋前面，
他们看到一只被关在笼子里的乌鸫鸟。

面具小丑马上提议
做一道烤乌鸫鸟吃。

彩虹服小丑说道："我们应该
加一点儿鼠尾草和迷迭香。"

但是听到他们谈论要用平底锅之类的话，
乌鸫鸟感到很不舒服：

"亲爱的朋友们，抱歉打扰，
你们真的要吃掉一个囚徒吗？

别说这不是什么好事，
且问你们吃得下我身上的铁链吗？"

"走了这么远，
我们连铁熨斗都吃得下。"

"求你们行行好，
放了我吧！

我已经被一个非常残忍的磨坊主
关了七个月了。

我的同伴都开心地
在田野上、草地上、果园上飞翔,

向着森林中可爱的故乡飞去……
你们就可怜可怜我这个囚犯吧。"

少女木偶被这段倾诉
感动得叹息起来。

而彩虹服小丑也不禁鼻子一酸,
转过身擦鼻子。

"朋友们,帮我打开这扇门吧,
世界很宽广,世界很美丽!"

面具小丑有颗善良的心,
他忍受不了这种悲哀。

他忘掉了饥饿,忘掉了贪婪,
终于把笼子的门打开了。

三个人都不忍心看
乌鸫鸟是如何一下子就逃出牢笼的。

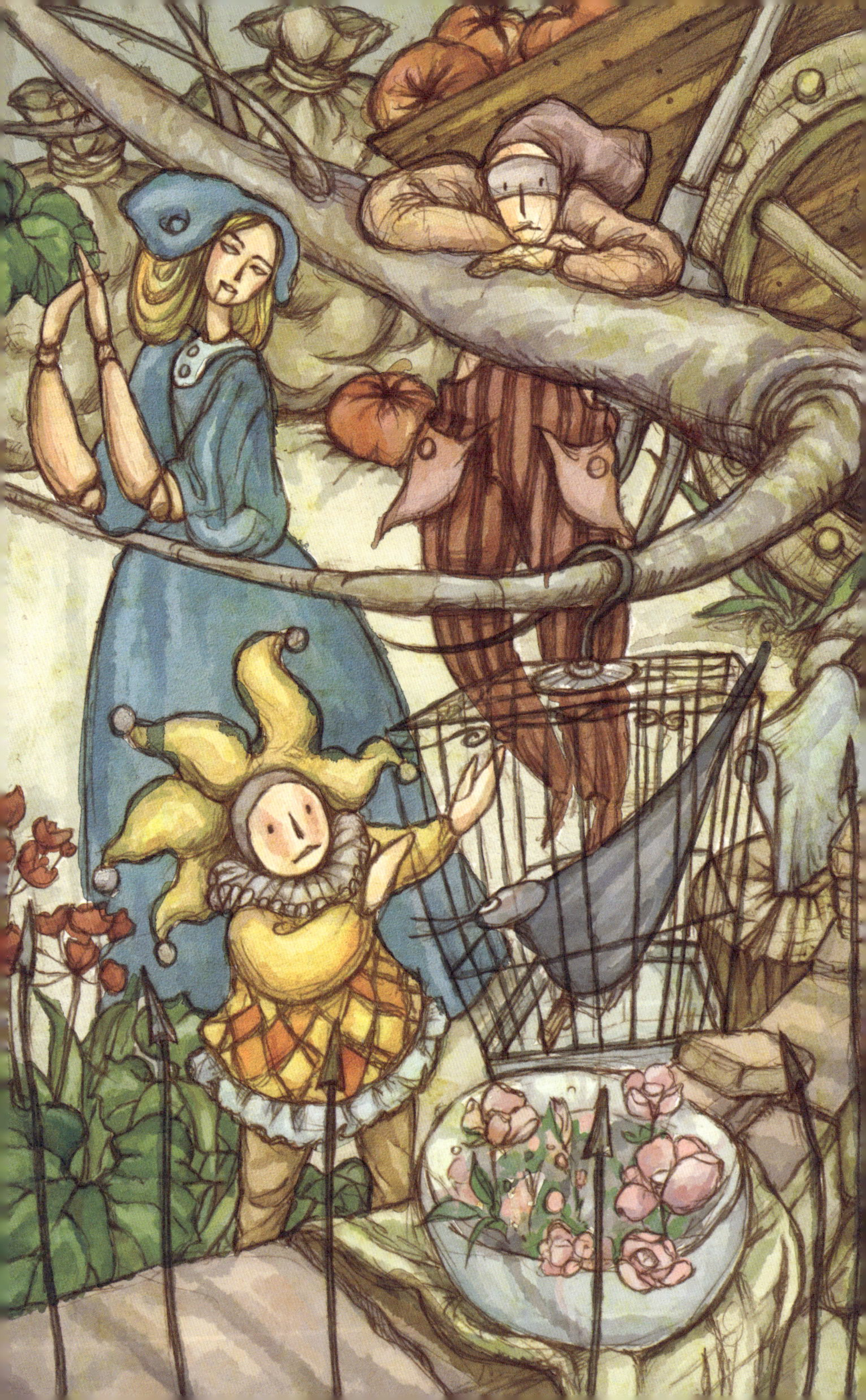

"再会了,朋友们!感谢你们所做的一切。善有善报!"

"再会,到嘴的猎物,
可我们的锅还是空的。"

但是很奇怪,三个人都不再觉得饥饿,
谁都不知道为什么。

第 五 章

花可以吃，但喝风可不行，
现在我接着讲故事。

在小木屋的窗台上有一个木箱，
里面种了些花：

玫瑰、康乃馨、天竺葵、
大丽花、百日草和郁金香。

面具小丑鼓起勇气，
头一个摘下几朵花尝了尝。

"我非常喜欢天竺葵的味道，
我觉得它比拌饭还好吃。"

彩虹服小丑说：
"玫瑰的颜色看起来非常开胃。

而且我记得有位哲人说过：
'只有面包可吃不饱。'"

我们的朋友们一边感叹着，
一边连花的根都吃掉了。

吃过这顿与其说营养丰富，
不如说香味扑鼻的盛宴之后，

他们躺在花根上，
立刻就进入了梦乡。

但是很快一个粗鲁的声音把他们惊醒了，
天啊，这些花的主人来了！

"你们不知道禁止摘花
和踩踏草地吗？

喂，仆人，快去把刽子手叫来，
我要让他砍了你们的脑袋！"

一直都非常机灵的面具小丑
一字不差地听到了这些，他说道：

"尊敬的阁下，说实话，
您拿我们的木头脑袋有什么法子呢？

我怕刽子手的刀刃
都会被砍破。"

为了不因为砍硬东西
而磨损刀斧的利刃，

磨坊主饶了他们的命，
然后派他们去干活儿。

在木屋后院的尽头，
有一座漂亮的老磨坊，

是荷兰风车样式的，
有四片由西北风吹动的车轮扇叶。

当时没有风，
风车并没有转动，

也就不能磨面，
粗面、细面都磨不了。

磨坊主可急得不得了，
绞尽脑汁地想办法。

为了让四个扇叶转起来，
他终于想出一个独特的方法。

他让彩虹服小丑和面具小丑
用尽全身的劲儿吹气，

让少女木偶用她的威尼斯扇子，
在一旁帮着扇风。

又是吹气,又是扇风,总算是有了一丝风,
扇叶慢慢地开始转动。

一个齿轮带动另一个齿轮,
每个轮子都跟着旋转。

三个可怜的家伙,
一整天都在像风箱一样吹气。

这倒也挺合适,
要知道他们的肺都是木头做的。

在被罚吹气十个小时之后,
终于到了吃晚饭的时间了。

磨坊主胃口非常好,
尽管他不用干活儿——一个指头都没动过。

他就着酒吃白面包,
而给三个"风箱"吃的是黑面包,还说:

"亲爱的朋友们,
平时有风的时候,我既不给吃的也不给报酬。"

面具小丑说:"我们可赶上好时候了!
只有不劳动的人才有得吃。

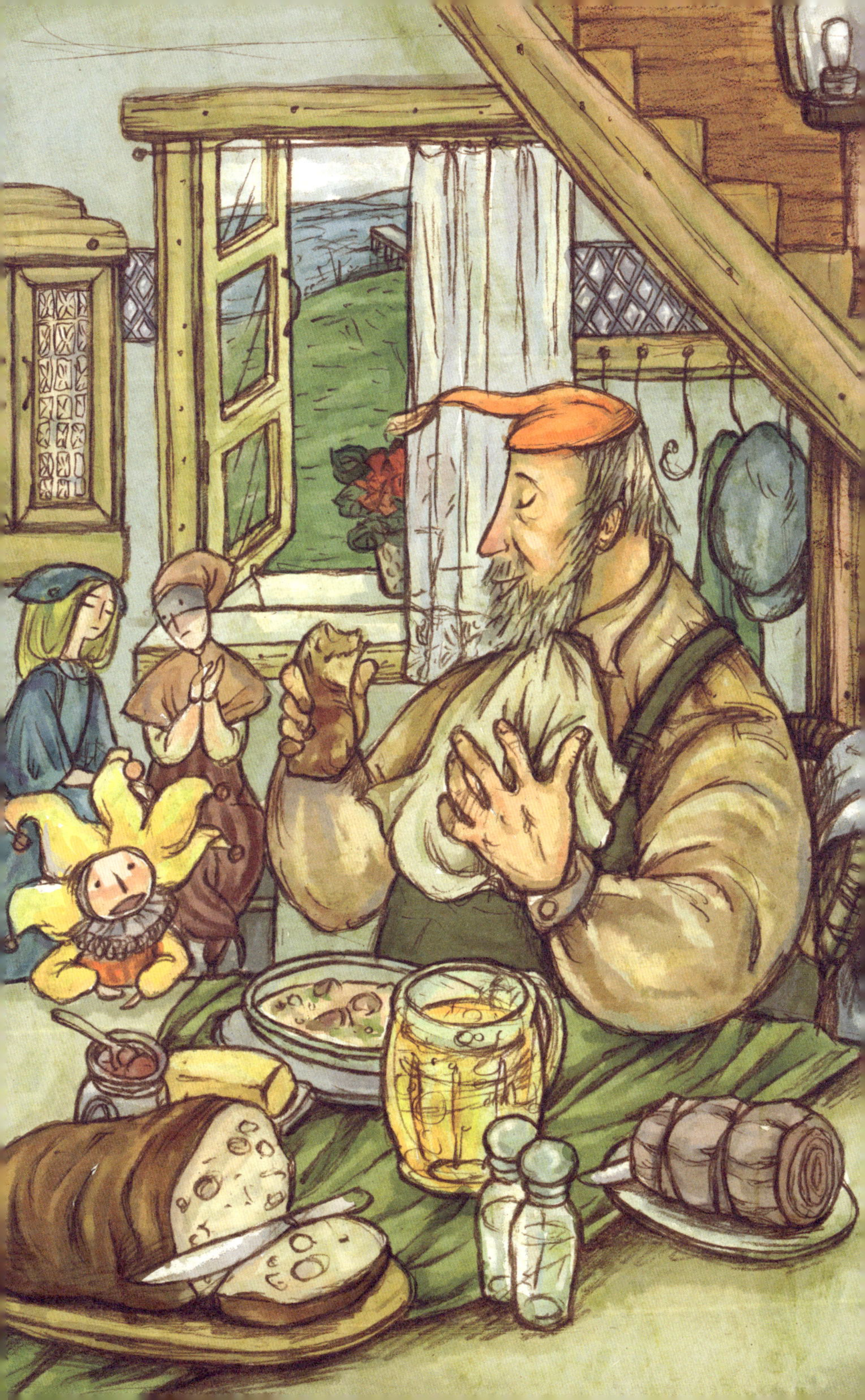

如果再在这里待下去,
我们头上又会被拴上线了。"

等磨坊主刚一睡着,
我们的三个朋友又逃跑了。

第 六 章

母熊希多尼亚和公熊鲁杰罗,
在和声伴唱下跳着华尔兹舞。

三个伙伴来到了一片森林里,
那里正在举行一场热闹的聚会。

原来是一对新人——
公熊鲁杰罗和母熊希多尼亚的盛大婚礼。

新郎身上是白色的,而新娘是棕色的,
幸好是在夜里,

在暗淡的月光下,
两个人之间的差别并不明显。

证婚人是两只旱獭,
可它们却整夜都在睡觉。

市长大人是一只漂亮的山鸡,
它亲吻了新娘的手,

为所有到场的人提供了饮料,
并举杯致婚礼贺词。

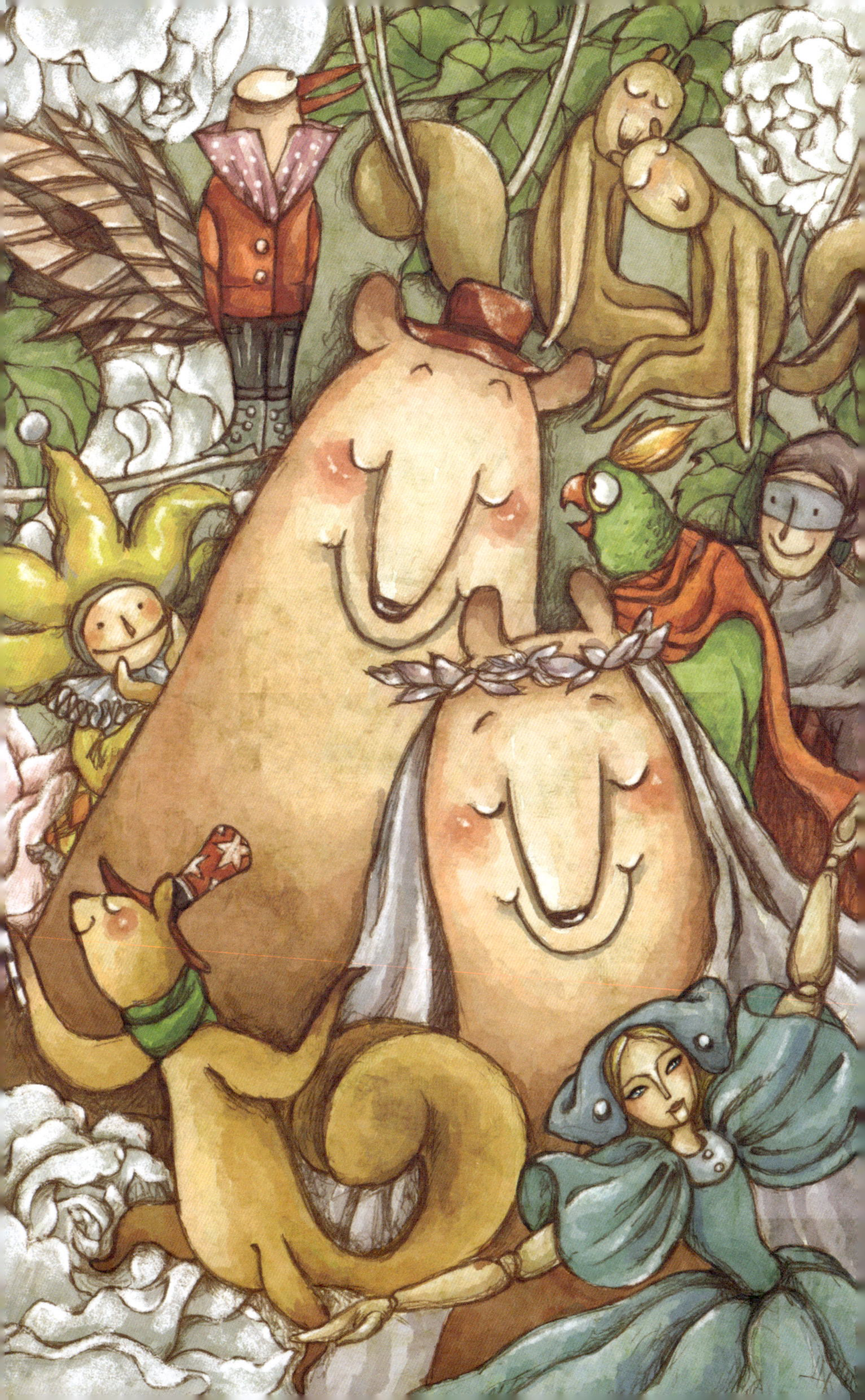

在一棵栎树下，
一只松鼠正指挥着乐队。

没有指挥棒，
它就用自己的尾巴来指挥乐队演奏进行曲。

母熊希多尼亚和公熊鲁杰罗，
在和声伴唱下跳着华尔兹舞。

一只来自巴西的鹦鹉，
非常潇洒地跳着桑巴舞。

面具小丑向新郎鞠躬致意，
然后请求道：

"如果您允许的话，
在舞蹈之后我们将献上一场木偶表演。"

公熊鲁杰罗对这个新奇的娱乐节目
感到非常高兴。

于是面具小丑就对尊敬的观众们
做了如下的开场白：

"尊敬的女士们先生们，
我非常荣幸地向各位介绍我们的剧团。

我们是一个久负盛名的剧团，
曾经在蒙扎和帕维亚演出过，

苏丹的总统都曾经
盛赞过我们的节目。

在马萨伦巴达和波哥大，
我们都已经获得了成功和荣誉。

你们将欣赏到好看而且难得一见的节目，
演出即将开始！"

演出得到了十分热烈的掌声！
那是一场获得了巨大成功的表演！

希多尼亚兴奋得一直鼓掌，
甚至都拍破了一个手指头。

大家众口一词地说："他们会成为明星。"
"他们将会上电视……"

但是面具小丑却低声嘟囔道：
"这些恭维话可不能用来吃！"

在一座大厅里，
我们伟大的演员们享用了一顿丰盛晚餐。

其中包括七道用意大利香肠做的菜，
非常吊人胃口。

八道用鸡肉冻做的菜，
让人馋得直流口水。

九块巧克力蛋糕，
最后是玉米粥配冰激凌。

山鸡一直不断地
举杯敬酒，

而面具小丑已经用
庞贝方言的声调打起了呼噜。

第二天，所有人
都载歌载舞地进城去，

他们要在法丁拉节上
表演杂耍节目。

在队伍的第一排走着的是
由松鼠指挥的乐队。

随后是希多尼亚和鲁杰罗，
还有穿黑白相间衣服的舞蹈演员们。

队尾则历史性地
出现了我们三个非常著名的木偶。

第 七 章

现在我们回到特洛多曼朵,
因为我们得到了来自费尔南多先生的消息。

正当三个伙伴前往节日庆典的时候,
我看到天空中出现了一片乌云……

它是从特洛多曼朵方向压过来的,
会是一场龙卷风吗?不,是费尔南多先生!

小心!危险!他想干什么?
我要告诉你们的只有上面那两个词。

还记得吗?
玛尔维萨葡萄先生曾经去了酒馆,

在那里他喝了点儿酒后,
昏昏沉沉地睡到了天亮。

但是不可思议的是,
天亮时他刚过了一瓶酒的酒劲儿。

为了消解另外两瓶酒的酒劲儿,
他又足足死睡了两天两夜。

第三天,他终于醒了,
这次他数木偶的时候没有出错!

女王木偶带着忌妒的口吻,
很快向他告发了所有的一切。

于是,费尔南多先生循着逃跑者留下的痕迹,
展开了追踪。

他来到了河岸边,
却没有渡河用的船,

刚好那条好奇而又唠叨的老鲑鱼
还在那里。

"我敢打赌,老兄,我知道他们去哪儿了。
他们去了法丁拉节!"

"对,有可能,在对岸是有这个可能。"
"有一场美妙的演出:

是由三个技艺精湛的外国著名演员
表演的。

做一条鱼是多么不幸啊,
我不能离开水。

尊敬的老兄，您回来的时候，
能给我讲讲演出的内容吗？"

费尔南多先生说："你这么认为吗？
当然了，我可是对艺术了如指掌。"

正当鲑鱼高兴地向他表示感谢时，
他正兴奋地边冷笑边跳上岸。

为了及时赶到节日演出现场，
费尔南多先生租到了一辆车。

以迅雷不及掩耳之势，
他突然出现在了小城的广场上，

刚好看到面具小丑
正准备跳塔兰台拉舞。

"我可逮到你们了，坏蛋！我抓到你们了，捣蛋鬼！
回家后我要打你们的后脑勺！"

少女木偶和彩虹服小丑，
都没来得及鞠躬行礼，

正在跳舞的面具小丑跑得比兔子还快，
他们一下子就逃了。

三个倒霉蛋飞一般
从三个不同的巷子逃跑了!

他们头也不回地拼命跑,
终于跑得人影都没了。

费尔南多先生一边吼叫着吓唬他们,
一边要去追。

但是希多尼亚和好心的鲁杰罗
却没有被吓到。

他们甚至抓着费尔南多到处转,
带着他一起跳恰恰舞。

"救命!救命!"费尔南多焦急地叫喊,
但是乐队一直演奏,没有停下来。

接着是伦巴,然后是拉锯舞,
费尔南多尖叫着,挣扎着。

但是鲁杰罗和它的妻子
一直紧紧地抓着他。

当音乐最终停止的时候,
他已经累得趴在地上了。

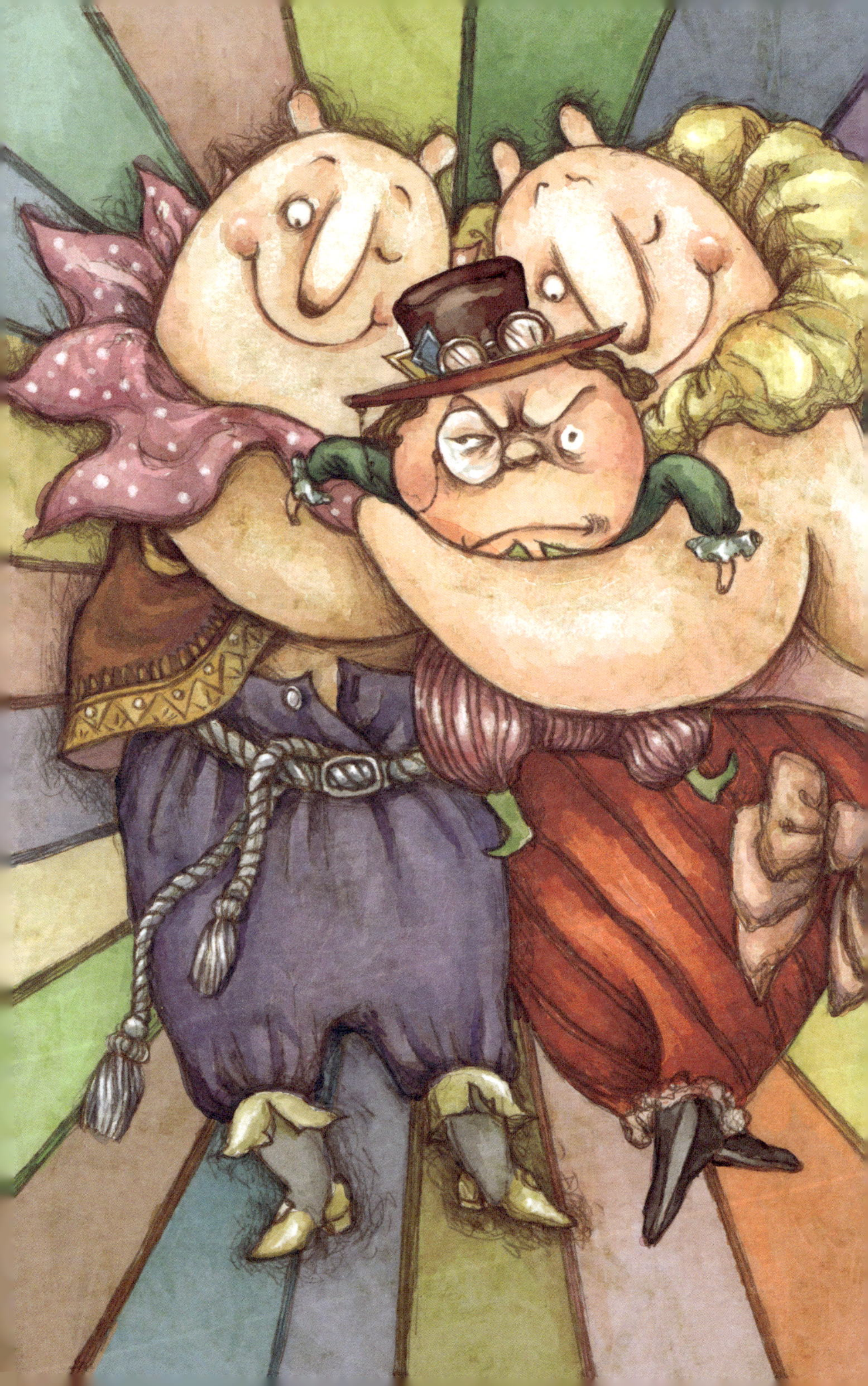

"这些无赖跑到哪儿去了？
算了,今天就先饶了他们。

明天我会一下子把他们抓住,
现在我要去喝一杯。"

节日庆典过后,
动物们回到森林里。

兴奋过后,
它们会好好睡上三天来休息。

第 八 章

谁会回到剧团,
回到玛尔维萨葡萄先生的口袋中呢?

正如我已经讲过的那样,
木偶们从三条不同的小巷逃走了。

一条在这边,一条在那边,
而第三条是正前方笔直的那条。

少女木偶是从第三条路逃走的,
她在一间地窖里躲了起来。

她六神无主也不知道该做什么,
被吓得要死。

她待在黑洞洞的地窖,
在那里一直躲到了晚上,

陪伴她的,
是一只忧郁的小蜘蛛。

它正在吐一根非常细的丝,
并用轻柔的语气叹息道:

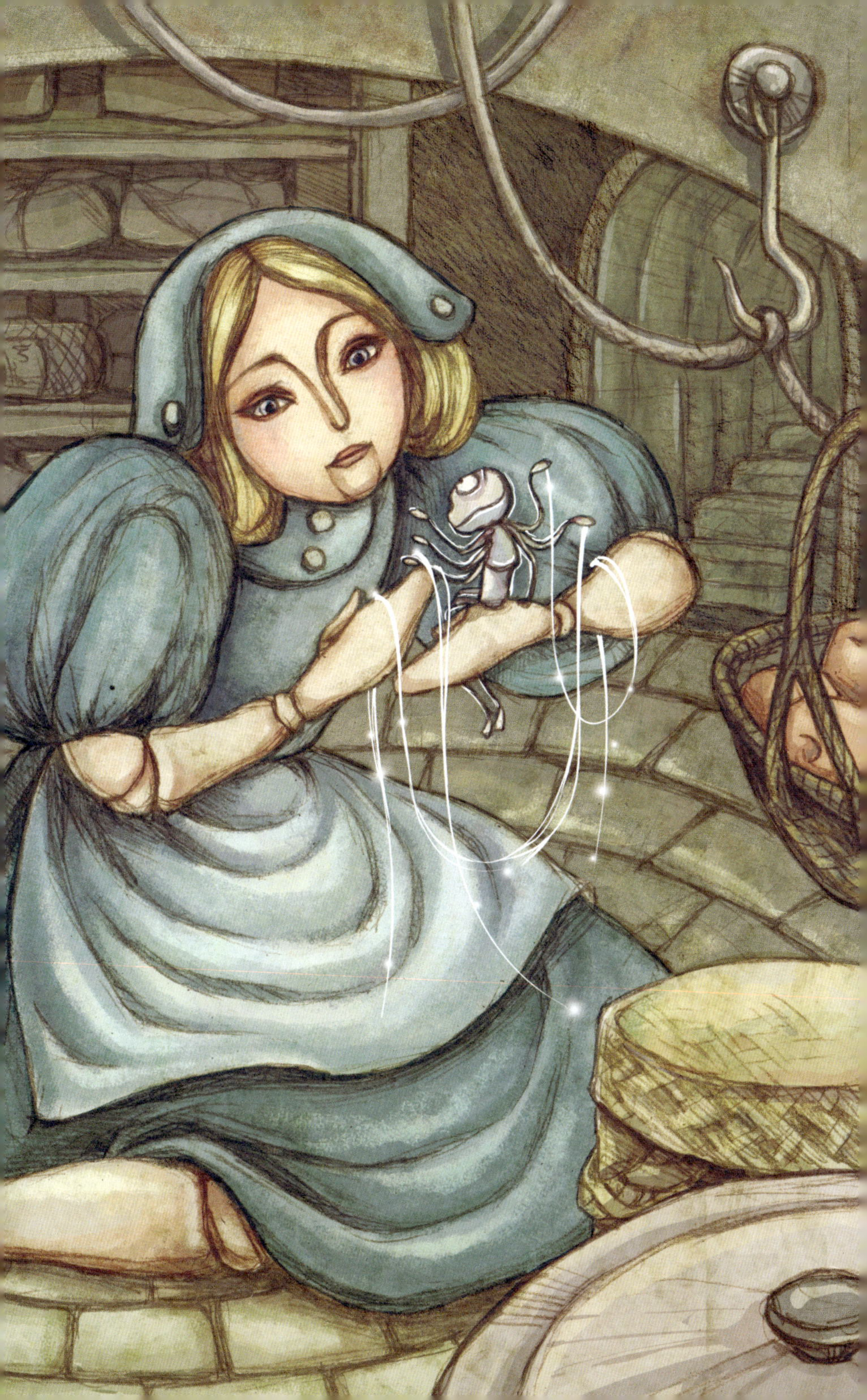

"亲爱的姑娘,这里的女主人
比冰雹带来的灾害还要可怕。

我已经饱尝
由她带来的厌烦、无聊和麻烦。

我总是刚把网结好,
就被她用扫帚扫掉了。

在天花板的角落结网的时候,
如果我不赶快逃走就要倒霉了。

不管在厨房还是饭厅,
最后的结果都一样。

所以你看我现在瘦成这样,
因为我有一个月连一只小苍蝇都没逮到了。

天啊,我听到她往这里来了,
如果你被她发现可就坏了!"

一向充满警觉的女主人
已经发现了可怜的少女木偶,

她冷笑着说道:
"瞧瞧,我在这儿发现了谁!

我正发愁
这么多家务没人干呢!

快点干活儿,姑娘,
你将成为我的女佣。"

少女啜泣起来,
她没有胆量说个不字,

她系上围裙,
不一会儿就开始擦地板。

擦完大厅和会客室,
接着又擦上层楼梯和下层楼梯,

然后是走廊、书房
和十间卧室。

女主人瞪着眼睛,
盯着她干所有的活儿,

为了仔细看清楚,
她还戴上了小眼镜。

少女擦着地板,
而女主人还在一旁支使着:

"擦擦这里，擦擦那里，
你慢点儿，你快点儿。

再往上一点儿，再往下一点儿，
别不说话，别出声。

现在是这里，现在是那里，
我说的是餐厅好不好！"

可怜的少女，
又是擦，又是扫，还要上蜡，用刷子刷。

墩布都被她用坏了，
她累得手和胳膊酸疼，

她的双膝磨破了，
眼睛里含着泪花。

看见她这么委屈，
女主人生气了：

"如果你再哭的话，
就去水池边哭，

这样不会浪费眼泪，
可以用来洗盘子和餐具。"

受尽欺侮的少女
哭得更厉害了。

正在这时,
玛尔维萨葡萄先生恰巧从这里路过。

他支起耳朵,露出阴郁的目光,
"我听出这个声音了。"

他敲门并大声威胁,
于是少女木偶被抓到了口袋里。

为了从女主人那儿得到补偿,
他还从橱柜里偷来一瓶酒。

唉,少女木偶
在他马甲口袋里哭着,

她旁边的烟斗叫了起来:
"哎呀,别把我斗里的烟草弄湿了!"

就这样她被费尔南多先生逮住,
带回特洛多曼朵去了。

第 九 章

关于彩虹服小丑的遭遇：
他差点儿成了一名铁路职工。

彩虹服小丑逃啊逃，
他躲到了火车站里。

他想坐直达车，
身上却没有钱买票。

他又试着乘坐快车，
没有票也禁止上车。

终于找到一列货车尾部的车厢，
里面装满了煤。

彩虹服小丑像一只猫那样，
悄悄地跳上了车。

为了隐藏身份特征，
他把自己的手和脸都抹黑了。

"我上车的时间正合适，
现在火车可以发车了。"

但糟糕的是，
那列货车并不是正要出发，

而是刚刚到达，
准备第二天再出发。

彩虹服小丑等啊等，
等着等着，他就睡着了。

当他睡得正香的时候，
搬运工头把他叫醒了：

"兄弟，很累了吧？
这些煤需要卸车。"

我们的艺术家自言自语地嘟囔道：
"我可不是搬运工，我是旅客。"

为了不被从火车上赶下去，
他只得马上开始工作。

铁铲很沉，
对于他那木头做的细胳膊来说实在太沉了。

彩虹服小丑可不管这个，
他竟然在脑子里幻想起来：

"我成了一名铁路职工了,
哦,多么高尚的职业!

我不会一直当搬运工的,
我会成为一名制动员。

然后从制动员再成为售票员,
这样的转变实在太美妙了!

做售票员会赢得荣誉,
然后很快我就会成为检票员。

当帽子上有了三道杠后,
我就会当上十分完美的列车长。

当然,在退休之前,
我会被提拔为站长。"

这时,出人意料的是,
他竟然把想象大声喊了出来。

他毫无顾忌地大声喊着:
"先生们,请上车,马上要开车了!"

你们猜猜此时谁正在候车大厅等车?
是费尔南多先生!

听到这个声音他立马就跳了起来,
"亲爱的彩虹服小丑,你跟我出发吧!"

他跑到最后一节车厢,
看到了一个黑得跟煤球一样的人:

"我认得你,小丑!
过来安慰一下少女木偶吧。"

他立刻就把彩虹服小丑放到了
马甲口袋里。

好了,在那个口袋里,
当少女木偶看到了彩虹服小丑后,她说:

"你怎么这么黑啊!发生什么事了?
要让你变白得用石膏了。"

但是她哭出来的眼泪,
都可以用来洗小丑的脸了。

彩虹服小丑也哭了,
他以泪洗面。

费尔南多·玛尔维萨葡萄先生
现在心中充满了喜悦:

"有二就有三。
面具小丑,现在轮到你了!"

第 十 章

请看面具小丑
是怎样发明鲜奶酪的。

"女士们先生们,快来看!
来的人越多越好!

女人、小孩、宪兵、消防员、
铁匠和理发师;

会长、卖冰激凌的,
马车夫、清洁工、公证员。

快跑过来看,这儿有稀奇的东西,
一项神奇的发明!

我来到这个市场,
可不是来卖熏肉香料的。

我来这个集市,
也不是为了卖带孔奶酪的。

我的名字是面具小丑,
我发明了鲜奶酪!"

就这样，远离特洛多曼朵，
逃离了费尔南多先生的魔掌，

面具小丑这个那不勒斯人，
在各个广场上干起了街头小贩的买卖。

很多生意他都没做，
他心里总想着少女木偶。

他只赚了不多的几个钱，
因为他心里惦记着彩虹服小丑。

他思念着和他一起逃跑的朋友们：
"唉，要是他们也在这里的话……"

今天早上，正如你们刚听到的那样，
他来到了未闻城的市场。

人们纷纷跑过来听他吆喝，
都觉得好玩儿，却没人来买。

"来这边，女士们先生们！
我是面具小丑——伟大的发明家！

为了抚慰那些可怜的人们，
我发明了面条。

为了给所有人带来欢乐，
我创造了玛格丽特比萨饼。

油、面粉、西红柿，
都不能和它相比。

如果你们买我的刀片的话，
我就赠送我的食谱！"

忽然间，人们听到了一个粗鲁的声音：
"我买刀片，连老板也一起买！"

"老天啊！我的妈呀！
玛尔维萨葡萄来了！"

"我的朋友，
这回该你跳舞，让我看笑话了。"

"亲爱的费尔南多先生！
您需要打磨光亮的刀片吗？"

"没有刀片，
我就把你撕成碎片！"

"您也许需要些药粉
来治疗酒醉头晕？"

"我的药粉比你的更好,
因为是用面具小丑的粉末做的!"

费尔南多边走近
边叫嚷着威胁。

他蛮横地推开
正在听他说话的人群。

面具小丑看到身边
一个农民牵着一头驴。

他摸了摸那头驴,一下子跳到它背上,
命令道:"快,宝贝儿,奔跑起来!"

但是这头小驴看起来
根本没有要奔跑的意思。

"走,走,我亲爱的朋友!"
小驴还是不想走。

它不喜欢这个坐在它背上
摇来晃去的木头疙瘩。

突然小驴尥了个蹶子,
把面具小丑甩到了空中。

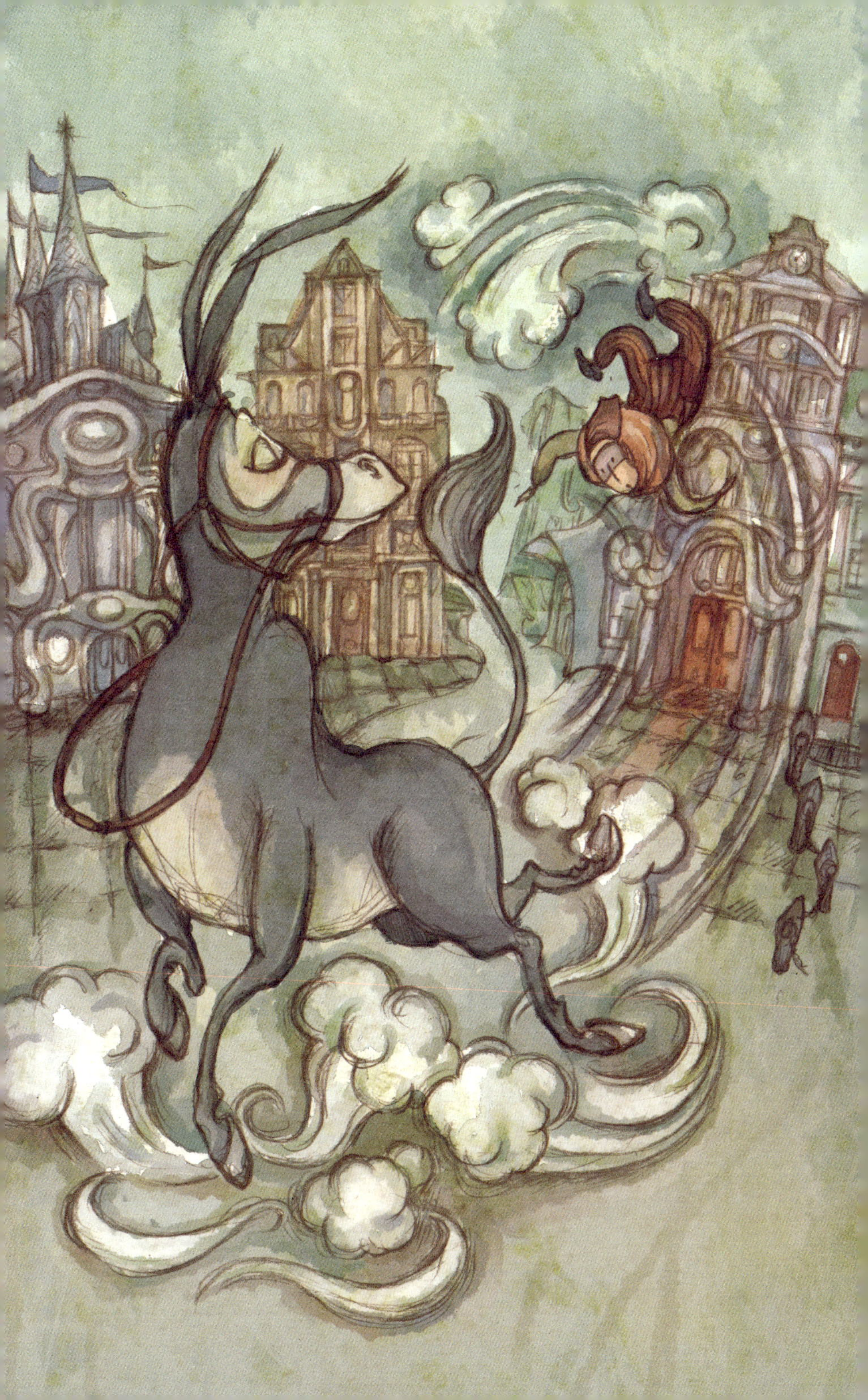

木偶从空中
很快就落到了地上。

而且紧接着,
就坠入了地狱。

换句话说,
他掉进了主人的口袋里。

这都是一头
没良心又愚蠢的驴惹的祸。

它只知道尥蹶子,
却不知道自由的价值。

但是面具小丑自我安慰道:
"一切还没完呢。"

第十一章

"我们看看是谁笑到最后,
是撒旦,还是主!"

回到特洛多曼朵的路上,
费尔南多是多么高兴啊:

"你们以为可以从我这里逃掉?
我把你们三个都抓回来了!

这根棍子,
会告诉你们到底谁是主人。"

于是他用棍子
使劲地敲三个木偶的木头脑袋。

可最后是哪个断了呢?
是棍子!可不是木头脑袋。

一向充满恶意的女王木偶,
整个晚上都在说风凉话:

"瞧我都看到谁了,是三个流浪汉,
拥有乞丐精神的英雄们,

现在像三只小麻雀一样,
一声不响地回到了巢里!"

恶魔木偶感到非常满意,
也附和着女王木偶说:

"下次什么时候出发?
他们会提前预订一辆马车吗?

没准儿下次旅行的时候
我们可以坐喷气式飞机?"

少女木偶实在受不了了,
被气得哭起来。

彩虹服小丑也不想听他们说,
就假装睡觉。

面具小丑却保持着冷静,
并没有改变乐观态度:

"我曾经在身上没有牵线的情况下走路,
比起用线拴着那可是强多了。

我的这个脑袋是用来思考的,
而不是用来拴线的。

我们看看谁笑到最后,
是撒旦还是神圣的主!"

我还没跟你们讲
那条好多管闲事又多嘴的鲑鱼的情况,

它在无意间
给费尔南多·玛尔维萨葡萄先生通风报信。

当它听说三个木偶被抓之后,
捶胸顿足并赌咒发誓:

"从今往后,如果我能的话,
我会做一条保持沉默的好鱼。

我的嘴啊,你就闭上吧,
不要再惹出新的麻烦了。"

但是要知道,对于一条老鲑鱼来说,
它根本做不到自己所说的。

就在当天,它就把故事
告诉给了一只鸟。

那是一只路过的乌鸫鸟,
它正要迁徙飞往德国。

它正是彩虹服小丑
想配着迷迭香烤着吃的那只乌鸫鸟。

也正是少女木偶
想放进平底锅里的同一只鸟,

但是他们忘掉了饥饿和贪婪,
把它从笼子里放走了。

总之,是那只
被残酷的磨坊主关起来的乌鸫鸟。

听到鲑鱼所讲的事情,
它无法抑制激动的心情。

"三个木偶？就是他们！
可以说他们拥有金子般的心灵。

他们非常仁慈地
重新赋予我自由。

唉，倒霉的朋友们。我得赶快走了。
鲑鱼先生，请给我指路。"

"您要干什么？冷静点儿！
一只小鸟，这样也太不理智了。

要对付那个玛尔维萨葡萄，
只有一个骑士可不够！

还得有一辆装甲车才行！"
"鲑鱼先生，我不是一个忘恩负义的人。

我将解救我的朋友们，
哪怕我会和他们同归于尽！"

于是，鲑鱼小声地
给它指了去往特洛多曼朵的路。

乌鸫鸟立即动身，
马上就变成了蓝天中的一个小黑点。

第十二章

我们想去一个幸福和诚实的地方,
那里没有人的脑袋上被拴着线。

当乌鸫鸟气喘吁吁地
飞过田野、草场和山峰时,

太阳已经落山,夜幕降临,
大剧院里拉开了帷幕。

孩子们、士兵们、女人们纷纷涌入剧院,
来欣赏木偶表演。

当作为男主角的面具小丑卖力地
拿起棍子来揍其他木偶的时候,

打的次数加倍了,
而观众则笑声震天。

当然,打得最干脆的那几下,
是对着恶魔木偶。

喜剧演出进行到了第三幕,
面具小丑表演得更加疯狂了,

只因彩虹服小丑，这个狡猾的人，
抢走了少女木偶。

忽然，传来一声鸟鸣：
"面具小丑，我的朋友！"

"我才不是你的朋友呢！"面具小丑回答道，
他手中的棍子打在了少女木偶的身上。

"面具小丑，我在这里，松树上！"
他还继续用棍子打彩虹服小丑。

"面具小丑，听我说：
我是来帮你们逃走的！"

原来是好心的乌鸫鸟，
它实在等不及了，所以飞到了舞台上。

"面具小丑，快看我一眼，
可别用棍子打我。"

"你是谁？想干吗？我不认识你。
别捣乱，回到你的树林里去！"

"你不记得我了吗，彩虹服小丑？
你原本打算配着迷迭香把我烤熟了吃。"

"我们的乌鸫鸟!"
"快点儿逃跑,不然玛尔维萨葡萄会抓住你的。"

那时,费尔南多
正在喝一个酒桶里的酒。

他听到有人说他的名字,立刻生气了,
他探着身子,跺着脚,大声威胁道:

"剧本里可没有这句台词!
你们毁了我完美的节目!

你们知道,
我是不允许随便改台词的!"

"这一幕是新的,
名字叫:自由万岁!"

乌鸫鸟用它的喙,一根、两根、三根,
把三个木偶的牵线全啄断了。

"快点儿,朋友们,快跑,
再见了!玛尔维萨葡萄先生!"

彩虹服小丑和少女木偶
偷偷地逃走了。

面具小丑在走之前，
把棍子扔回到了主人的头上。

然后，他从孩子们和老奶奶们之间溜走了，
三个木偶全都顺利地逃跑了。

六条木头腿，谁能追得上？
这回，他们跑得出奇地快。

在速度上，
连乌鸫鸟也超不过他们。

鸟儿叫了一声与他们告别
高兴地飞回了它的巢。

而我已经老了，
我怎么能用两条老腿追上六条腿呢？

我跑啊跑啊，大口喘气，
但实在追不上他们。

我的心脏跳得厉害，我得停下来了。
好了，够了，就让他们跑吧。

他们去哪儿了？这个大家都知道：
他们去了一个自由的地方，

一个充满幸福和诚实的地方，
那里没有人脑袋上被拴着线。

不论是好的还是坏的，
那里没有任何主人。

那个地方如果现在还不存在的话，
那么就由你和我一起来创造！